Cartografia para caminhos incertos

Ian Fraser

Cartografia para caminhos incertos

Outrora intitulado *Mané, ou a Persistência*.
Traduzido dos garranchos ilegíveis do
dr. Diáfano Franco, com os acréscimos
que foram encontrados no bolso do
coitado no momento de sua morte em
Glossolalia, no ano da graça de 2025.

Copyright © 2025 by Ian Fraser

Grafia atualizada segundo o Acordo Ortográfico da Língua Portuguesa de 1990, que entrou em vigor no Brasil em 2009.

Capa e projeto gráfico Bloco Gráfico
Ilustração de capa Vânia Medeiros
Preparação Manoela Sawitzki
Revisão Laiane Flores e Juliana Souza

CIP-BRASIL. CATALOGAÇÃO NA PUBLICAÇÃO
SINDICATO NACIONAL DOS EDITORES DE LIVROS, RJ

F927
    Fraser, Ian, 1983-
        Cartografia para caminhos incertos / Ian Fraser. - 1. ed. - Rio de Janeiro : Intrínseca, 2025.
    192 p. ; 21 cm.

    ISBN 978-85-510-1327-4

    1. Ficção brasileira. I. Título.

25-96454   CDD: B869.3
                    CDU: 82-3(81)

Meri Gleice Rodrigues de Souza - Bibliotecária - CRB-7/6439
21/02/2025   24/02/2025

[2025]
Todos os direitos desta edição reservados à
Editora Intrínseca Ltda.
Av. das Américas, 500, bloco 12, sala 303
Barra da Tijuca, Rio de Janeiro – RJ
CEP 22640-904
Tel./Fax: (21) 3206-7400
www.intrinseca.com.br

Dedico este livro a todas as professoras
deste mundão de meu Deus.
Vocês são as melhores entre nós.

*A cidade aparece como um todo no qual
nenhum desejo é desperdiçado e do qual você faz parte,
e, uma vez que aqui se goza tudo o que não se goza em
outros lugares, não resta nada além de residir nesse
desejo e se satisfazer.*

Italo Calvino, *As cidades invisíveis*

•

Os tolos admiram tudo num autor estimado.

Voltaire, *Cândido, ou o Otimismo*

•

*Ele não tinha mais sapatos, e seus pés, àquela
altura, já eram outra coisa: um par de bichos disformes.
Dois animais dentados e imundos.*

Socorro Acioli, *A cabeça do santo*

Capítulo 1
Sobre os mistérios de Redenção

Há, perdida nas brisas da Bahia, uma cidadezinha chamada Redenção, que jamais conheceu a tinta de um cartógrafo e é ignorada até hoje pelos *gêpêêsses* da vida. Se perguntar por aí, alguns dirão que encontraram Redenção entre Irecê e Xique-Xique, outros, que está mais pras bandas de Macaúbas, e tem até quem arrisque dizer que já passou pela cidade ao sair da capital. A verdade é que Redenção segue sempre em romaria, carregada pelos suspiros de um povo que vive a rezar.

Quem controla as rédeas dessa peregrinação constante é a Bruxa. Assim mesmo, sem nome em certidão para apresentar. Bruxas não precisam de nome, muito menos de documentação, visto que não há palavra que ateste com maior competência a força de suas capacidades do que o simples dizer de seu ofício. Está tudo no substantivo.

Quando o ser humano inventou a roda, a Bruxa jamais imaginou que aquela seria a primeira das geringonças malditas que lhe trariam tantas dores de cabeça. Foi com paciência de mulher sábia que ela acompanhou as outras invenções daquele bicho que fazia de tudo para negar que era animal. Sentou-se em sua pedra predileta, acendeu o cachimbo e testemunhou a invenção da vassalagem. E riu. Não por crueldade, apesar de não ver problema algum em rir da crueldade alheia, mas porque achava de fato curioso que certas pessoas acreditassem na narrativa de que alguém merecia mais as fortunas de viver — ou menos, dependendo de quem contava a história. A Bruxa também ficou no cantinho dela quando inventaram de rezar; e nada fez quando a tal da reza levou algumas de suas irmãs à fogueira.

E depois de tanto testemunhar atrocidade após atrocidade sem nunca reagir, é até estranho pensar que poderia haver algo que a humanidade fizesse que levasse a Bruxa a tomar uma atitude. O relógio, em especial o de pulso, quase foi a gota d'água, e por pouco a Bruxa não se levantou de sua pedra depois da invenção. Ficou indignada com aquela joça sem graça, com sua cadência incessante, e que tinha a audácia de tentar segurar o tempo. Contudo, mesmo com tal provocação, quieta ela seguiu. Só quando os olhos passaram a andar nos bolsos das pessoas foi que ela enfim se arretou.

— Prender o tempo no pulso até vai, mas viver entre bisbilhoteiros é o fim da picada! — Foram essas suas primeiras palavras após eras de silêncio.

Foi assim que ela decidiu pegar um cantinho de terra para ser eternamente retirante.

Escolheu Redenção.

A cidade, entretanto, já teve ponto fixo. Não há mapa em biblioteca alguma que confirme tal alegação, não há registro em nenhum cartório ou arquivo, mas todos sabem que aquele chão já viveu dias de quietude geográfica. Há relatos que afirmam que Redenção nem na Bahia nasceu, que a cidade só abaianou após o grande ruído que tomou conta do país no finalzinho de 2018. Puro disparate, se me perguntarem, mas crença e pensamento próprio são coisas que a Bruxa respeita. E se a dona respeita, quem sou eu para discordar?

Em Redenção, você não encontra geringonça que prende momento. Não tem nada que faça *clique* nem *claque*, nada que faça *tique* ou *taque*, e, Deus me livre e guarde, nada que faça *vrum*. Onomatopeias são difíceis de encontrar na cidade, tamanha a simplicidade das coisas. Se tiver que andar, vai a pé, se tiver que escrever, vai de tinta, e se tiver que lembrar, vai na memória. Aqui, geolocalização nada mais é que um dedo estirado e um *rume adiante*.

Capítulo 2
De como não se mede Redenção

A Bruxa sempre deixou claro que ninguém deveria se afastar mais do que duas léguas da Pedra que Ronca, pedaço de chão que, além de roncar, demarcava o centro de Redenção. Mas, para aqueles que têm vontade própria, toda ordem é inevitavelmente um convite à transgressão. Por isso, é mais fácil ordenar as coisas mortas do que as coisas vivas, e está aí o segredo para compreender a conformação dos cemitérios e para se admirar a balbúrdia das universidades.

Não é de se estranhar que o primeiro a se perder de Redenção tenha sido um acadêmico de nome tão inauspicioso quanto fatídico: Ícaro Valente. Professor e fundador da única universidade da cidade, Ícaro foi um homem honrado e admirado pelo povo de sua época. Sozinho, investigou a verdade das estrelas, confirmando a teoria popular de que os pontos brilhantes no firmamento noturno eram, de fato, evidências irrefutáveis de que a Lua um dia espirrou e não cobriu a boca; e foi ele, também, o responsável pelo Departamento de Silêncios Desnecessários, um grupo de pesquisa inteiramente dedicado a interpretar e analisar o que acontece quando engolimos palavras que deveriam ser ditas. Suas descobertas e teorias ainda podem ser encontradas na biblioteca municipal de Redenção, estabelecimento que hoje carrega o nome do grande acadêmico. A história de seu sumiço se tornou motivo de debate nos bares e botecos da cidade, já que a língua, esse anzol para os nossos desejos, quando não saciada por beijos, ou bebidas, ou petiscos, encontra grande contentamento em fofocas acerca da vida alheia.

Movido pela curiosidade que proporcionou todos os seus conhecimentos e glórias, Ícaro decidiu que desbravaria e demarcaria os limites de sua cidade natal. Foi ao mercado do Gusmão, comprou a maior fita métrica que encontrou, de 25 metros, correu até a Pedra que Ronca, mirou o norte e começou a medir. Como a fita era curta e a distância era longa, Ícaro se viu obrigado a se abaixar, riscar o chão e continuar daquele ponto. Foram necessárias 386 medições para abraçar a distância de 9656 metros, ou duas léguas. Suado, com a coluna ardida de tanto se levantar e se agachar, Ícaro sorriu. Havia sido o primeiro redencense a chegar tão longe. O sorriso, no entanto, durou apenas o tempo de virar e mirar o sul: sua cidade não estava mais lá, assim como as marcações que havia feito no chão.

Redenção seguiu, e ele ficou para trás.

Após vagar pelo interior da Bahia, Ícaro encontrou, no devido tempo, salvação na cidade de Paz de Salobro. O povo o acolheu, e lá ele viveu até a morte. Tentou ser professor, mas suas teorias e seus estudos foram motivo de muito deboche pelos acadêmicos locais — estes estavam certos de que as estrelas nada mais eram que rachaduras na grande abóbada que segurava o mundo no lugar. Impedido de teorizar, virou bibliotecário, aproveitando o silêncio dos livros para ruminar seu próprio infortúnio. A verdade é que Ícaro nunca se perdoou por perder Redenção. Tinha certeza de que seus cálculos estavam corretos e sabia que a Bruxa era extremamente meticulosa com suas ordens e afirmações. Certo dia, após vinte anos de exílio, enquanto organizava enciclopédias, o homem descobriu, no volume L de uma renomada coleção, o erro que lhe custou tudo.

— Maldita Bruxa!

Seu grito foi tamanho que um leitor, no fundo da biblioteca, respondeu com um longo e enfático *xiiioooo*, mas Ícaro estava transtornado demais para respeitar a etiqueta e os bons modos da degustação de livros. Ele havia descoberto que, enquanto estivera medindo a cidade em léguas itinerárias, a Bruxa com certeza trabalhava em léguas imperiais.

Foi nesse dia que Ícaro aprendeu sua maior lição: Redenção não se mede, porque, para cada um, a régua é diferente.

Capítulo 3
De como Redenção caiu no gosto popular e a apresentação do nosso herói

Por muito tempo, a cidade que seguia os suspiros da fé baiana foi segredo bem guardado. Mas vento, até vento de confissão, é bicho danado de fofoqueiro. Se estás fedendo, brisa nenhuma vai guardar teu bedum. Pelo contrário, vai tratar logo de espalhar a fedentina, sem aumentar ou criticar, já que brisas, apesar de mexeriqueiras, prezam pela honestidade. Elas não mentem, apenas espalham. Ar de pulmão, contudo, é vento que fez morada dentro de gente, e gente não só aumenta e critica, como também mente que nem sente. Depois de Ícaro, houve outros que perderam Redenção, fosse por desatino ou desatenção, e, em pouco tempo, a cidade sem ponto fixo também passou a correr na boca miúda, tornando-se o mistério predileto dos baianos. Junte-se a isso o fato de que, vez ou outra, a Bruxa concedia a algumas almas sortudas a felicidade de passar um cadinho de tempo longe das geringonças modernas, tirando férias na cidade que ela criou. Chamava-as sem perguntar, visto que bruxas sempre acertam, mesmo quando erram. E cada um, degredado ou convidado, foi, a seu tempo e com suas palavras, moldando a imagem de uma cidade perfeita espalhada por todos os cantos da Bahia. E que fique bem claro que Redenção nunca foi lugar perfeito; a Bruxa jamais almejou ou desejou tal paralelo, mas a soberba humana é medida não pela fome do bucho, mas sim pela fome da alma, e poucas coisas despertam nossa ambição como a ideia de um paraíso de difícil acesso e com um porteiro criterioso.

Os visitantes escolhidos pela Bruxa acordavam na estalagem de dona Carminha sem saber onde estavam ou como lá chegaram. A senhoria não foi escolhida pela Bruxa à toa; a voz da velha soava encantada, voz de vó, rugas de café, pele de rapadura e abraço com textura de edredom. Superado o susto de uma nova realidade, os visitantes podiam gozar de uma forma diferente de viver.

Ao andar pelas ruas de Redenção, distinguiam-se os nativos dos visitantes não apenas pelas roupas diferentes, mas pelos olhares surpresos de quem sorria ao se descobrir. Era comum ver pais encantados com a beleza dos próprios filhos e filhas, tateando-os, abismados pelos traços miúdos que passavam despercebidos na correria da vida. Também se notava a diferença usando apenas os ouvidos, já que pessoas genuinamente alegres falam bem mais alto que o normal, como se a voz fosse bandeira de conquista a ser fincada no chão.

Mesmo com as eventuais confusões, os nativos não se aperreavam com os visitantes. Muito pelo contrário, viam em cada sorriso, em cada berro desavisado, em cada lágrima escorrida, o atestado da sorte que era viver sob os encantos da Bruxa. E entre os redencenses havia um jovem cujos olhos anunciavam o intento de sua alma. Aquele que seguiremos ao longo desta narrativa: nosso cândido herói, que tinha nome em cartório, visto que o povo é fraco e precisa de uma ideia que lhe sustente o nascimento. A mãe, abandonada por um marido entregue a lábios alheios, deu ao filho o nome de Gabriel Manoel García de Barros. O *de Barros* não era dela, nem do pai, mas de um livro de que a mulher se lembrou ao assinar a certidão. O documento ela perdeu assim que acordou no dia seguinte — e o nome bonito, de boa cadência sonora e desenrolar gostoso na língua, passou a ser irrelevante, pois, desde o dia que a vida tomou interesse pelo menino, todos, incluindo a mãe, passaram a chamá-lo de Mané.

E a nossa jornada começa quando Mané, desgraçado que era, inventou de ser poeta.

Capítulo 4
De como nosso herói virou poeta

Ninguém em toda Redenção tinha pensamentos tão descomprometidos e desgovernados quanto Mané. Ele se perdia em devaneios aleatórios, mas sempre que os compartilhava com amigos e familiares ouvia o mesmo comentário: *pensar nisso é perda de tempo*. Aquela resposta inquietava o garoto, que passou a revirar os tapetes e a vasculhar pelos cantos das salas, chegou até a quebrar o relógio de parede da vó procurando pelos benditos segundos e minutos perdidos. Nunca achou o tempo, mas encontrou muita coisa que ninguém queria varrer. Certa vez, encasquetou com a clave de sol. Queria entender o nome por trás da ideia, já que não havia nada naquele desenho, ou na nota em si, que se assemelhasse ao Sol — pelo menos o Sol tal qual ele conhecia. Parecia, para ele, mais uma lagartixa esmagada. Pensou tanto no assunto que a cabeça entupiu e ele andou torto por uma semana inteira. Era tanta ideia depositada atrás dos olhos, mas tanta ideia, que quando ele virava de súbito conseguia senti-las chacoalhando com os miolos. Certo dia, só pelo gosto da coisa, ele inclinou o pescoço, enfiou o dedo mindinho na orelha e começou a pular e a cafungar, assim como criança faz após muito tempo mergulhando. Para sua surpresa, 48 palavras caíram do ouvido. De tanto pensar, fez arte, e no chão mesmo emparelhou seu primeiro poema.

> *O horizonte guarda seus mistérios,*
> *assim como todos os cemitérios.*
> *E não se trata de ignorância,*
> *é apenas uma questão de distância.*
> *Não depende dos passos dados*
> *ou das palavras de livros desesperados.*
> *Tem segredo que não cabe na gente,*
> *foge do alcance, por mais que se tente.*

A mãe sempre o encorajou a se aventurar na escrita, gostava da ideia de um filho poeta. Todo ano, no dia do seu aniversário, ela presenteava Mané com um caderno novo para que ele rabiscasse suas ideias e seus poemas. Não tinham álbuns de fotografia para recordar a passagem do tempo, mas cada caderno acabou virando um relicário de memórias; dias e meses eram marcados por divagações e rimas imperfeitas.

Na escola, nas ordens de alicerces pautados, as palavras fugiam e zombavam de Mané. Sabia quebrar vocábulos com as mãos, mas não tinha ideia do que fazer com proparoxítonas. Por ser poeta, via-se subordinado às orações que escorriam pelas pontas dos dedos, contudo, como aluno, não saberia reconhecer uma oração subordinada substantiva. Sabia fazer o caminho, mas jamais entendeu o mapa.

No décimo oitavo caderno que recebeu de sua mãe, escreveu seu poema predileto até então.

Ao riscar o horizonte,
Deus criou dois abismos:
a dúvida da queda e a certeza do afogamento.
Toda régua impõe a sua lei,
determina o que braços conseguem abraçar.
Peixe não teme o anzol,
pois desconhece a nossa fome.
Esperto mesmo é o sariguê,
que, diante do fim,
morre em reticências.

Mané gostou tanto de sua última arte que decidiu compilar seus melhores textos em um único lugar. Após fazer uma seleção criteriosa, ele levou o caderno para a universidade, a fim de mostrá-lo à sua professora preferida, dra. Constância. Quando indagada por ele sobre a qualidade artística de sua criação, a mulher foi honesta e direta:

— Há algo de encantador no número um. Quando se tem o número um, o infinito de repente se apresenta como possibilidade. Mas ele também vai ser sempre superado pelo número dois e todos os outros números que seguirem. A primeira ideia, a primeira arte, o primeiro livro, o primeiro suspiro de ar estão lá para desencadear o progresso, mas nada, nadica de nada neste mundo, nasce perfeito ou completo.

— Mas o que tu dirias dos filhos primogênitos?

— Assim também o são. Pergunte a qualquer mãe por aí. Não importa se é filho, ou se é bolo, a gente só acerta a mão lá pela terceira ou quarta tentativa. É por isso, Mané, que mães que geram sete ou oito filhos sorriem tanto. É lá pra depois da meia dúzia que a gente realmente fica competente em alguma coisa. Persiste na escrita que tu vais encontrar o teu caminho.

— Persistir?

— Sim. O melhor se esconde no depois.

Aquela resposta não era o que Mané desejava ouvir, mas se a dra. Constância mandava continuar, ele julgou prudente seguir o conselho. Afinal, por todo o trabalho e por todo o estudo e por toda a certidão e por toda a cerimônia, doutores só servem se forem ouvidos.

Mané se virou, mas antes de seguir seu caminho, de costas para a professora, perguntou:

— O que é que faz poeta ser poeta, professora?

— Por que perguntas isso, Mané?

— Parece que eu não me acho em lugar nenhum, professora. Nem mesmo quando olho para as minhas mãos eu me vejo bem. Parece que eu consigo achar mais Mané nos meus poemas do que no meu próprio corpo.

— Vivemos cercados por coisas e sentimentos que chegam até nós desnomeados, Mané. Coisas que apenas são. Mas a nossa sina é querer ser mãe e pai do mundo, e dar nome a tudo. Dar nome para coisas que chegaram aqui antes mesmo de nós. Ao colocar um nome, contudo, criamos um cercado de arame farpado em volta da ideia, uma fronteira que não tem borda. Palavras, Mané, são o nosso verdadeiro lar.

— Mas é isso, professora. Parece que tudo é quase. Eu escrevo, escrevo e escrevo, coloco a caneta no papel, e a tinta mancha a folha, mas só quase. Eu fico quase satisfeito, quase contente, quase confortável, quase poeta, quase completo.

Foi tanto quase que a professora quase sorriu.

— Acho que tu escreves, Mané, porque há uma incompletude que persiste em nos rodear. Uma incompletude que precisa ser um pouco menos incompleta.

Mané tratou de escrever. No primeiro dia, compôs quatro sonetos, todos dedicados às pernas de violoncelo dos grilos e às músicas que delas nascem. Nomeou esses poemas de "Ondulações estridentes". Ao fim de uma semana, tinha três cadernos preenchidos com mais poemas que toda Redenção havia composto na plenitude de sua existência. Mané chegou até a suspeitar de que havia um grande ímã em sua cabeça, pois parecia que todos os pensamentos perdidos se encontravam nela.

Com mais de um ano poetizando em solidão, Mané enfim escreveu algo que julgava digno de ser apresentado à dra. Constância. Riscou e riscou de novo as letras em uma folha de papel até que elas ficassem tão precisas quanto a brincadeira de palavras que criou.

Laço que nos une
verso que desbrava
dor que é grave
idade de estar só
lidar com amor
te rouba a cor
agem para ter cria
tive idade para crer
ser que come sal
dá de ler como meta
linguagem que está entre

Constância leu e releu aquela poesia. Na quinta leitura, chorou, e Mané celebrou, crendo que sua arte havia finalmente alcançado o ápice da criação.

— Muito bonito, Mané — ela disse. — Realmente gostei.
— Perfeito?
— Perfeito — ela repetiu e suspirou. — Perfeição não cabe na completude, Mané — a professora acariciou a folha em cima da mesa. — Tudo que tem ponto-final sempre carece de melhoramento. O perfeito é ideia que só vive no progresso. Assim que tu colocas um ponto-final, tu aceitas que miravas o horizonte, e o horizonte sempre persiste, Mané. E não há nada de errado em aceitar isso...

— Mas vejam só que absurdo! É claro que o perfeito está ao nosso alcance! — O professor Paco, que estava de passagem, gritou ao escutar as palavras de sua colega docente. — Está demonstrado que as coisas não podem ser de outra forma. Uma vez que tudo é feito para um fim, tudo é necessariamente feito para o melhor dos fins!

— Meu caro... — Constância não suportava a mente panglossiana de seu colega.

— Observem bem: narizes foram moldados em nosso rosto com o claro intuito de segurar óculos, de maneira que temos óculos. Negar a perfeição é negar o plano divino.

— Pelo contrário, meu colega Paco. Se o melhor fim é enxergar corretamente, óculos são a resposta imperfeita para uma criatura também imperfeita.

— Então, por que choraste ao ler o poema do Mané?

— Porque a clara evolução dele emocionou. Porque há beleza no incompleto e no quebrado. Chorei, também, porque vejo a luta deste jovem para encadear as palavras com precisão e arrojamento, embora todo seu sacrifício seja quase inútil se o que ele busca é apenas algo tão pequeno quanto a ideia da perfeição. Que desperdício de sonho é sonhar em voar quando se tem asas de cera.

— *Desperdício*? Só um coração desapegado de uma alma poderia dizer isso diante de tais palavras.

— Professores, por favor — o aluno interrompeu o embate. — Eu entendo a dra. Constância, professor Paco. Continuarei tentando. Seguirei em busca do que vem depois...

Mané seguiu cabisbaixo pelo corredor. Mirava o chão, pois esse parecia ser o único alvo de sua ambição naquele momento. Estava desolado, certo de que não havia nada que pudesse fazer para alcançar a plenitude artística que almejava. Caminhou até que seus olhos encontraram pés que se ancoravam firmes no chão, pés que desencadeavam em pernas de lânguida desenvoltura, que, por sua vez, se ajuntavam num torso de talhamento minucioso, sem sobras ou faltas, tudo terminado num sorriso que revelava muito mais do que apenas dentes. O cabelo era formado por pequenos cachinhos que desciam até os ombros, servindo como uma moldura viva para olhos de redemoinho.

Se a perfeição não cabia em poema, ela com certeza cabia naquele casulo de tentações que respondia pelo nome de Jeremias.

Capítulo 5
De como borboletas levaram nosso herói a perder sua Redenção

Mané passou a amar Jeremias, e Jeremias passou a dizer que amava Mané. Essa distinção se faz necessária neste momento da narrativa, não só para compreender melhor nosso herói e os motivos de sua desgraça, mas também para compreender a máxima proposta pela médica e teórica Socorro das Graças, que afirmou em sua dissertação, *As fomes*, que: "[...] amar e dizer que se ama são duas coisas completamente apartadas." As descobertas apresentadas pela doutora revolucionaram o mundo inteiro, não só no campo da ciência, mas no reino da poética também — um feito louvável para áreas tão distintas.

Por anos, filósofos de mesa de bar debateram o motivo de o coração ter sido escolhido como signo representante das almas apaixonadas. Ficavam embasbacados por um órgão tão desprovido de graça estética ter recebido os louros de um sentimento tão nobre. Por que não o baço ou o estômago? Ou quem sabe os pulmões, simétricos e tão simpáticos aos olhos. A resposta foi apresentada em um congresso, em Zurique, na Alemanha, lugar de bastante garbo e ostentação. Usando microscópios de corrente de tunelamento, Socorro das Graças descobriu, no canto mais direito do átrio direito, escondido na menor das coisas, um pequeno sistema digestivo que ela nomeou de poiesistino. Ali o amor é digerido e espalhado para o resto do corpo. Quando perguntada sobre o impacto que suas descobertas poderiam ter nas declarações de amor, a doutora foi enfática:

— Amar e dizer que se ama são duas coisas completamente apartadas. Hoje podemos provar isso empiricamente. Um é ação, o outro, suposição. A distinção fica ainda mais evidente se considerarmos as demandas do bucho; se pensarmos na diferença entre cozinhar e dizer que se cozinhou. Um vai matar a fome, o outro é só ar projetado. Um coração que só se alimenta com declarações de amor é um coração que tem seu poiesistino alimentado apenas por vento, e não conheço nenhum bucho que se sustente somente de ar. Declaração de amor é um desenho no cardápio, amar é um prato cheio.

O desequilíbrio de sentimentos entre Mané e Jeremias não passava despercebido pela dra. Constância. Não que ela fosse bisbilhoteira, longe disso, mas pelo fato de que, após tantos anos de docência, seus olhos estavam treinados para procurar e encontrar incoerências, até nos atos mais insignificantes, pois ela sabia que as grandes verdades tendem a se esconder nas menores coisas. Faz-se necessária, aqui, outra distinção importante, não só para apontar outra máxima da médica e teórica Socorro das Graças, mas também para compreender melhor as atitudes da dra. Constância. Ao estudar os olhos humanos com seu microscópio de corrente de tunelamento, Socorro das Graças encontrou outro sistema digestivo, esse escondido no centro dos nervos óticos, que ela nomeou de voyeurcular. Em um de seus artigos, das Graças escreveu:

"Bisbilhotar e testemunhar são duas coisas completamente apartadas. Ambas são ações, ambas preenchem o voyeurcular, mas de formas diferentes. A intenção tem volume, de modo que a ação de bisbilhotar tem mais sustância que a ação de testemunhar. A distinção fica ainda mais evidente se pensarmos nas demandas do bucho; se pensarmos na diferença entre a gula e a vontade de comer. A vontade de comer te dará forças, te dará os nutrientes e a energia de que precisas. A gula te deixará com sobrepeso e te dará mais do que realmente necessitas."

Constância nada falou sobre o desequilíbrio entre Mané e Jeremias. Ela até que gostaria de proteger seu aluno mais assíduo de uma anemia poiesistina, mas a fome é professora por si só, coisa que só se aprende sentindo.

O jardim da Universidade Ícaro Valente era o ponto de encontro para casais apaixonados. O vento cheirava a grama molhada, as árvores tratavam de acompanhar as peripécias do Sol, e os bem-te-vis sempre celebravam a alegria de enxergar. Todo fim de tarde, assim que as aulas terminavam, Mané e Jeremias se sentavam à sombra de um ipê-roxo e passavam a tarde namorando. Diante dos outros casais, Mané declamava seus poemas para o amado, que respondia com glórias de aprovação e cafunés no ego do poeta.

— Se pudesse, bateria palmas até que as minhas mãos se esfarelassem — disse certa vez Jeremias.

Os outros casais também aplaudiam, impressionados com o primor poético do nosso herói. Contudo, era tanta perfeição nos elogios de Jeremias que os poemas de Mané foram aos poucos perdendo seu esmero. Primeiro foi a métrica, depois a rima e, ao final de um mês de namoro, nem mesmo ousadia seus versos tinham mais. Continuavam sendo, entretanto, poemas perfeitos aos olhos de Jeremias, mesmo sem os aplausos dos colegas ou a aprovação da dra. Constância, que passaram a achá-los terrivelmente enfadonhos e bregas.

Certo dia, enquanto Mané declamava mais um de seus poemas perfeitos, os olhos de Jeremias se tornaram verdes. A pobreza da arte de seu namorado, no entanto, não teve culpa alguma na transformação. Aconteceu quando Jeremias mirou o casal que se beijava do outro lado do jardinzinho da universidade. Jéssica e Carlota trocavam carícias acaloradas enquanto eram envoltas por uma torrente de borboletas amarelas.

Enciumado, Jeremias bateu o pé:

— Também quero um furacão de borboletas enquanto nos beijamos.

— Mas meu amor, beijo com borboletas é algo que leva tempo. Não é algo que acontece assim — argumentou Mané estalando os dedos.

— Não me importo — respondeu Jeremias. — Nosso próximo beijo precisa de borboletas amarelas voando em torno de nós.

— E como conseguirei tal proeza, meu amor? Borboletas não obedecem ao juízo, nem a pedidos, apenas obedecem às flores e, quem sabe, ao vento.

— Borboletas, ou está tudo acabado entre nós!

A máxima estava posta.

Sem saber como proceder, Mané voltou-se à mente mais sábia que conhecia. Encontrou-a perdida entre pilhas de trabalhos por corrigir.

— Dra. Constância, como faço para que borboletas amarelas voem em volta de um beijo?

A professora ergueu os pequenos óculos em forma de meia-lua e encarou Mané por cima de olheiras cansadas. Sabia muito bem o motivo daquela indagação e não fez questão alguma de esconder a verdade:

— Todos sabem, Mané, que borboletas amarelas só se interessam por duas coisas neste mundo: flores de sete-
-cascas e beijos apaixonados.

— Basta, então, que eu beije Jeremias com mais fervor? — perguntou Mané.

— Com certeza terás uma resposta, não é mesmo? Se, ao beijar Jeremias com mais fervor, tu te achares cercado por borboletas amarelas, estará confirmada a grande paixão que compartilham.

— E se nosso beijo não provocar a dança amarela?

— Saberás, então, que o beijo foi apenas saliva trocada. Nada de errado nisso.

— Mas eu amo Jeremias mais do que o gavião ama as próprias asas.

— Então, não deverás ter medo. O amor é o cemitério da dúvida. Não tem canto neste corpo nosso onde o amor possa se esconder; é uma certeza que se faz notar no respirar. Quem está amando sabe que está amando porque carrega dentro de si algo maior que ele mesmo. Carrega amantessidão...

— Então, não devo ter medo — disse ele cheio de medo.

— Mané, apenas se lembre disso, querido: afeto que só vai e não volta é solidão com plateia.

Mané seguiu o caminho para casa com os olhos voltados para dentro. Sabia que estava apaixonado; via, dentro de si, coisas maiores que seu próprio corpo. Carregava sua parcela de amantessidão, mas e Jeremias?

O outro é sempre uma dúvida.

Mané recusava a ideia de que seu amor não era correspondido nas mesmas medida e intensidade por Jeremias. Entretanto, a ideia de beijar seu namorado passou a lhe dar tremedeiras intensas e uma suadeira nervosa, pois maior que o desejo era o medo de se descobrir só no bem-querer. No dia seguinte, fingiu uma indigestão e não foi à universidade. No dia seguinte ao dia seguinte, usou a enxaqueca como desculpa. E assim foi por mais três dias. Essa estratégia, porém, não o salvaria por muito tempo; só há um tanto de mazelas que um homem pode fingir sem o custo de sua própria alma. Quando se brinca de estar à beira da morte, a danada passa a ouvir.

 E como o desespero é o refúgio de uma alma temerosa, Mané apelou para o absurdo: decidiu usar pétalas de sete-cascas para atrair as benditas borboletas amarelas. A ideia, apresentada sem contexto, não soa tão absurda, mas quando se conhece a disposição botânica de Redenção, os perigos ficam mais aparentes. Os únicos pés de sete-cascas da cidade ficam no limite norte, que, após o sumiço do dr. Ícaro, passou a ser demarcado com uma placa que alertava para o fim do mundo.

 Mané jamais havia se afastado tanto da Pedra que Ronca. Sua vida até então não havia demandado grandes atos de coragem ou de transgressão. Caminhou em silêncio e com convicção, certo de que teria borboletas voando em volta dele quando beijasse seu namorado a próxima vez. Custasse o que custasse.

 A coragem, contudo, fraquejou quando ele se aproximou dos limites do conhecido. Ao passar a mão pela placa de madeira, Mané acariciou a finitude de todas as coisas que conhecia e amava. Logo além do alcance de seus braços, um galho jocoso de sete-cascas balançava com a carícia das brisas.

Certo de que aquela era a única solução para o seu caso de amor, Mané firmou o pé na terra, se ancorou na placa do fim do mundo e se esticou todo em direção às flores. Podia sentir, na ponta dos dedos, as carícias de suas pétalas quando a base da placa cedeu e ele foi ao chão.

Levantou assustado, o coração retumbando com a certeza do fracasso. Mas o pânico de nada adiantava, o fato já estava consumado.

Por juras de amor, Mané perdeu Redenção.

Capítulo 6
De como nosso herói conheceu as alturas

Por se tratar de uma cidade em eterna romaria, não se pode escolher onde se perde Redenção: é sempre obra do acaso, esse bicho que não conhece moral, é imune às ordens divinas, não distingue entre santos e pecadores, mas é, por algum motivo, particularmente cruel com os azarados. Mané desceu de sua cidade quando esta estava passando pela Torre do Oi, monumento de grandes ambições, construído bem no meio de Restinho, cidade no norte da Bahia.

Como desgraçados vivem a colecionar lástimas, Mané teve a infelicidade de cair no topo da construção, que havia muitos anos já rasgava o firmamento baiano. O ar rarefeito preencheu seu pulmão com ausências, e o frio tascou-lhe um beijo no cangote, arrepiando tudo que era pelo em seu corpo. Estava só — miseravelmente só — no topo do mundo. Tudo que tinha de sua antiga vida era o que carregava consigo.

Restava pouco, muito pouco.

Restinho... Ah, o acaso, esse ser curioso que não segue nenhuma doutrina particular, mas que aprecia um bom trocadilho.

Do alto, Mané podia ver um tapete de nuvens brancas que se estendia até o horizonte. Jamais teve uma visão tão ampla e tão limitada ao mesmo tempo. Vagou por uma boa hora até encontrar uma escada, toda em madeira ornada, que descia em espiral pela fachada da construção. Enquanto caminhava, passou por lamparinas de querosene, espalhadas de metro em metro pelo corrimão, e por anjinhos e santos pintados a óleo nas paredes.

O ar corria num constante arroto de colosso, e a vibração gutural fazia as chamas das lamparinas tremerem. Lá, o vento fazia questão de afirmar que aquele era o seu território.

Após descer alguns degraus da Torre do Oi, Mané encontrou um homem reformando a escada de madeira. As marteladas tinham um ritmo marasmado, sem pressa alguma, quase enervante. Mas o que chamava mesmo a atenção eram suas vestimentas: uma *chemise* com uma gola rufo suntuosa e, em vez de calças, um saiote folgado que ia até a altura do joelho.

— Oi! — gritou Mané.

— Oi.

O vento, contudo, levou as palavras do homem, e Mané nada escutou.

— Oi! Com licença, onde que eu tô?

— Oi? Que arenga mais meândrica é essa?

— Oi? — perguntou Mané.

— Oi! — respondeu o homem.

É neste momento da narrativa que se faz necessário salientar que aquele monumento, de finalidade tão arrojada, tinha um nome oficial. Nos registros e nos alvarás, encontrarás o nome Torre de Restinho, homenagem ao povoado que primeiro teve a ideia de copiar os planos dos homens de Babel. A construção se tornou uma maravilha arquitetônica e um feito único da engenharia, visto que, a cada novo andar, enormes guinchos erguiam a torre inteira, e um novo pavimento era construído na base. Com o passar do tempo, os homens que trabalhavam na fundação mudaram tanto que pouco tinham em comum com os descendentes dos arquitetos originais, que ainda viviam nos andares superiores. Sem que notassem, eles sequer falavam mais a mesma língua, o que acabou resultando em interações que sempre se iniciavam e terminavam com um fático e fatídico: *oi*.

— Eu tô perdido! — gritou Mané.

— Gritais sem necessidade! — respondeu o homem. — Estamos todos perdidos.

Mané estava a ponto de chorar de raiva quando escutou um grito que parecia vir do além:

— Oi, aqui na lateral!

Nosso herói se inclinou no corrimão de madeira e encontrou um sujeito pendurado na fachada da torre. Embaixo dele, um oceano, branco como lã, escondia a fome do chão.

— Oi! O que estás fazendo aí? — perguntou Mané.

— Oi? Precisas falar mais alto! Nesta altura, o vento gosta de monologar!

— Oi!! O que estás fazendo aí?!!

— Ah! Estou prendendo isto aqui! — Sem preocupação alguma com a segurança, o sujeito balançou o grande disco de metal em sua mão. — Continua descendo, é o tempo de eu terminar as coisas por aqui!

Mané continuou seu caminho pela escada, que abraçava a torre tal qual uma serpente esfomeada. No caminho, encontrou outros homens e mulheres e crianças, todos trajando roupas que pertenciam a outra época. Viu casas e edículas de arquitetura geométrica, simétricas entre si, sustentadas por colunas e com janelas em arco. Tentou trocar algumas palavras com uma moça de aparência simpática, mas, após alguns *ois* fracassados, achou melhor depositar suas esperanças de ser compreendido no estranho pendurado na fachada.

Após três horas circundando a torre, Mané reencontrou o sujeito. Apesar da primeira impressão, tratava-se, na realidade, de uma mulher, que vestia suspensórios azuis e protegia o rosto com uma boina cinza. Encontrou-a sentada no corrimão, fumando um cigarro.

— Não tens medo de altura? — perguntou Mané.

— De altura? Não. Da queda, sim.

Mané estranhou aquela resposta, mas achou melhor prosseguir.

— Onde estou?

— Na Torre do Oi.

— Oi?

— Sim.

— Não — Mané balançou a cabeça. — Tu disseste *Oi*?

— Que ser estranho tu te apresentas, pretinho.

Mané estranhou aquele comentário, jamais ouviu alguém usando a cor de sua pele no diminutivo e muito menos como apelido.

— És, claramente, um homem moderno — a mulher continuou. — Mas aqui estás, zanzando pelos andares originais. E, para piorar tudo, não sabes o que é a Torre do Oi. Estranho, muito estranho.

— Creio que sou moderno. Sempre me julguei do presente momento, mas, após caminhar tantas horas neste lugar, já não posso afirmar com certeza. Sou do agora, se é que isso faz sentido. Estava, momentos atrás, em minha querida Redenção, mas a perdi.

— Redenção...

— Sim, conheces?

— Só de nome.

— Então, estava lá momentos atrás, aí caí aqui.

— Na Torre do Oi.

— Isso.

— Da qual nunca ouviste falar?

— Exatamente. Compreendeste meu dilema?

A mulher concordou e logo depois se apresentou, listando, em seguida, toda a sua árvore genealógica. Chamava-se Rosário, mãe de dois, Túlio e Everaldo, que receberam os nomes dos avós. Era filha de Tereza e neta de Risoleta, mas não de Risoleta do Carmo, e sim de Risoleta Dedal de Ouro, costureira da Primeira Ordem do Ponto-Cruz. Mané bem que tentou acompanhar, mas ela tinha uma língua demasiadamente acelerada, lançando mais palavras do que Mané conseguia seguir.

Enquanto desciam a imensa escadaria, Rosário explicou a história por trás da Torre de Restinho. O projeto começou sem grandes pretensões: o plano original era construir uma casa grande o suficiente para abrigar a comunidade inteira. Não se tratava de um povo particularmente gabaritado na arte da construção, mas havia mãos e cabeças suficientes para dar cabo do serviço. Quando a obra enfim terminou, o povo celebrou e festejou. Contudo, na manhã seguinte, na hora de colocar cada um em seu quarto específico, o povoado constatou um terrível erro de cálculo: não haviam contado com o fato de que, entre o primeiro tijolo e o último prego, bebês nasceriam, crianças cresceriam e filhos se tornariam pais.

Um segundo andar se mostrou necessário.

Um dos velhos, entretanto, se arretou e perguntou: *o primeiro andar, que tanto trabalho nos deu, sustentará o peso do segundo? Não podemos viver planejando o peso do amanhã. É o amanhã que deverá arcar com o peso do ontem!* E por não ter ali alguém que conhecesse os fundamentos da arquitetura e da engenharia básica, ficou acertado que seria trabalho dos moradores do segundo andar erguer o primeiro, para então construir um novo andar forte o suficiente para sustentar todo o peso do passado; eis a chave para compreender a numeração dos andares na Torre de Restinho, que não são contados de baixo para cima, como nas demais construções, mas sim de cima para baixo.

— Carregamos o ontem na cabeça e arrastamos o hoje nos pés — disse Rosário. — O tempo não está embaixo de nós, ele está acima de nós. As pernas jamais podem esquecer o peso do ontem, caso contrário, achamos que os problemas somem no simples andar dos ponteiros. Por isso gosto desta torre. O tempo não apaga nada. Carregamos tudo que veio antes de nós. Ou quase tudo.

— Compreendo — disse Mané.

— A memória é tudo, pretinho. Cicatriz sem a recordação do corte é só pele marcada. O que faz da cicatriz uma cicatriz é a memória da ferida, a ideia de que existiu a dor. — A mulher suspirou. — Descer a torre é desfiar o fio de nossas cicatrizes.

E ela tinha razão: enquanto conversavam, a cada andar vencido, em cada parede, em cada prego, em cada casa e nas roupas das pessoas, o tempo se refazia. A arquitetura renascentista, que os acompanhou no início, foi aos poucos perdendo a simetria, sendo substituída pela suntuosidade do estilo barroco e do rococó, que, por sua vez, morreram no resgate de estruturas paralelas do neoclassicismo.

— É tudo assim aqui. Confuso. A única coisa que temos em comum são as regras e as leis gerais. As liberdades e os direitos que fomos conquistando são de todos, porque tem coisa que precisa morrer mesmo. Mas o jeito de falar, a forma de vestir, a arquitetura parecem moscas presas em resina. O povo que vive nos andares superiores, por exemplo, tudo para eles é longo, esticado, cada palavra toma um tempo danado para ser falada. Aí, ao descer, parece que o tempo vai escapando das frases. Tudo fica mais rápido, mais curto.

— Que loucura, construir algo sem se entender, sem se comunicar direito.

— Mas não é isso que acontece nesse troço que chamamos de vida, pretinho? Não conheci o meu avô ou a minha avó, jamais troquei palavras com eles, mas cá estou eu, carregando seus nomes, continuando o legado que levo no meu sangue. Nada é construído para o agora. Todo monumento é erguido para o que vem depois.

— E que geringonça era aquela que tu prendias na lateral da torre?

— Tu és, sem dúvida, um ser curioso, pretinho. Nunca ouviste falar de uma antena?

— Em Redenção a gente não tem geringonça. A Bruxa não gosta. O que é uma antena?

— É o jeito que o homem achou de encurtar as distâncias.

As respostas de Rosário eram sempre curiosas. Ela até explicava as coisas, mas também deixava um rastro de dúvida. Mané não exigia mais explicações por temer dizer algo que chateasse a única alma viva que o compreendia e o ajudava.

Devido à altura, o ducentésimo andar era tomado por nuvens, obrigando Rosário a acender um apetrecho curioso chamado lanterna, que imitava uma vela, mas sem a paixão do calor. O nevoeiro dava uma aura sepulcral àquele trecho da construção, que passou a ter vigas de ferro em sua estrutura. As casas eram coladas umas nas outras, e o único padrão arquitetônico presente eram as pequenas bolas de fumaça preta que escapavam pelas chaminés. Durante a caminhada, Mané assustou-se com o assobio de um gigante metálico que corria pelas vielas daquele andar e também lançava fumaça por sua imensa narina. Rosário explicou que aquela criação humana tinha o nome de locomotiva, e que, como o nome já denunciava, tinha a função de ajudar o homem a se locomover.

— Os homens deste tempo não conseguem andar? — perguntou Mané.

— Conseguem, claro. As locomotivas apenas ajudam o homem a ir a lugares aos quais não chegaria andando.

— Curioso — disse Mané. — Outra invenção que tenta solucionar as distâncias. Não consigo imaginar que algum lugar seja digno de ser explorado se lá não podemos chegar com os pés.

— Mas isso é uma forma muito limitada de ver a vida, pretinho. E o que dirias sobre vencer o mar? Oceanos não são dignos de serem explorados?

— Nunca vi o mar. Barco, em Redenção, é só uma palavra.

E como se quisesse afagar o couro já castigado, o acaso limpou os céus de todas as nuvens, revelando o tapete que cobria o mundo. De onde estavam, eles podiam ver a Bahia quase todinha. Bem longe, numa tripa que virava horizonte, Mané viu a natureza azul do oceano pela primeira vez. Tem imagem que o olho não consegue abraçar, mesmo que a retina capture tudo que há para se capturar. Sem compreender direito a essência da vastidão que se apresentava, Mané transbordou. Pediu um tempo para contemplar aquilo que Redenção escondia.

O mundo era muito maior que sua imaginação de poeta, mas, mesmo assim, poetizou:

> *Me aperta agora uma nostalgia invertida,*
> *essa saudade de coisas que jamais conheci.*
> *Sangro sem ter a pele cortada.*
> *Aqui estou, acima do céu e dos sonhos,*
> *e o mundo tira o vestido só pra mim.*
> *Tem sentimento que é descabido mesmo,*
> *não respeita o tamanho da alma que invade.*

— Vou contar a tua história para os meus filhos — disse Rosário enquanto Mané riscava o papel.

— Por quê? Não há nada de notável em minha pessoa.

— Como não? A história do homem que precisou perder sua amada Redenção só pra ver o mar e, então, fazer uma poesia. Veja só se isso não é um livro esperando ser escrito.

Capítulo 7
De como nosso herói testemunhou o esquecimento

Após quatro semanas descendo a Torre do Oi, Mané viu muitas coisas novas. No 393º andar, encontrou sua invenção humana predileta, o rádio. Achou curioso o fato de que várias vozes humanas podiam caber dentro daquela caixa de madeira, que ora cantava, ora espalhava fofocas. Primeiro, pensou se tratar de bruxaria; tinha ouvido falar sobre as magas de Remanso, capazes de encolher humanos até que coubessem em suas bolsas. Para sua surpresa, no entanto, não havia nenhum tipo de magia naquele apetrecho que não fosse fruto da vontade humana de diminuir distâncias.

Entre o 464º e o 485º andar, Mané viu de perto o quanto o povo podia ser cruel. O Sol de quase dezembro sangrava pelas persianas que cobriam toda a lateral da construção. Cheiro de velha estação. No chão, cálices quebrados, vinho tinto espalhado sobre fotos de bêbados e equilibristas. Todos, até as crianças, andavam com vendas nos olhos,

esbarrando e esmurrando quem atravessasse seu caminho. Quando não estavam entoando uma canção de guerrilha, gritavam pecado e ninguém pedia perdão. As esquinas lá eram escuras e perigosas, os sinais, sempre vermelhos.
Ninguém atravessava as ruas.

Apesar da escuridão, pequenas estrelas se faziam notar à altura dos olhos, eram velas acesas nas janelas de algumas casas. Mané perguntou a razão de tal prática, já que todos andavam de olhos vendados. Rosário explicou:

— Aqui, acender velas já é profissão, pretinho. Eles podem cobrir os olhos e ignorar a luz, mas não são capazes de fugir do calor.

Mané e Rosário chegaram à base da torre ao final de pouco mais de três meses de escadaria. Na fundação, centenas de trabalhadores se empenhavam na construção de mais um andar da edificação, que ergueria todo o monumento, tornando-o ainda mais alto. Uma plaquinha ao lado da entrada principal celebrava o feito dos trabalhadores de Restinho, que chegavam à incrível marca de 525 andares em direção ao céu.

Com os pés acariciando a grama, Mané mirou o firmamento e pôde apreciar o tamanho da ambição humana.

— Tu vives a subir esses andares todos? — perguntou Mané, protegendo os olhos com as mãos, derrubando sombras carinhosas.

— Só quando precisamos consertar alguma antena ou quando um sinal precisa de ajuste — explicou Rosário. — E qual é o teu plano agora, pretinho?

— Seguir em busca de Redenção, reencontrar meu amado Jeremias e compartilhar nosso primeiro beijo com borboletas.

— Não conheces a tua própria terra, homem? Podes andar o quanto quiseres, Redenção não se acha assim, só com o querer.

— É o que me sobra neste mundo, Rosário: persistir.

— Pelo menos enche o bucho antes de seguir viagem. A Bahia é vasta e nem sempre piedosa, ainda mais com um coitado sem fibra alguma como tu. A estrada te come se não fores forte. O alarme vai bater em breve, vamos todos almoçar e tu terás uma refeição a menos para se preocupar.

Mané aceitou o convite.

O meio-dia se apresentou em sombras miúdas, o alarme central soou e todos os trabalhadores se dirigiram à praça de alimentação. O burburinho era intenso, com homens e mulheres conversando, aproveitando aquela hora de descanso para trocar ideias, desejos e fofocas. Rosário conduziu Mané até o refeitório e ambos decidiram se servir de um pouco de xinxim de galinha e de caruru.

Enquanto se deliciava, Mané notou que alguns trabalhadores almoçavam com bandeiras cobrindo os olhos, lembrando bastante os moradores do 464º andar da Torre do Oi. Curioso com aquela característica incomum, Mané questionou Rosário sobre a razão daquelas vendas.

— A raiva é a bússola de pessoas preguiçosas, pretinho. É uma linha reta, simples, fácil e direta. Pá-pum. Compreender o outro, no entanto, requer esforço. Requer abstração, empatia, requer até um pouco de sacrifício próprio. — Rosário encarou os colegas de trabalho que tinham os olhos vendados. — Uma cambada de preguiçosos, esses aí. A farinha é pouca e eles querem sempre o pirão deles primeiro.

— Mas estes aqui parecem diferentes. Não gritam e não batem uns nos outros.

— Dê a eles tempo para fingir esquecimento que eles chegarão lá.

Capítulo 8
De como nosso herói conheceu a Carranca de Juá

Rosário separou alguns pacotes de biscoito, um cantil cheio de água e um velho rádio de pilha e deu tudo de presente para Mané, que agradeceu o ato de caridade com a única moeda que tinha de troco: um sorriso de dentes já amarelados. Com as trouxas amarradas nas costas, nosso herói deixou Restinho, certo de que encontraria Redenção em algum momento.

Acatando as orientações de Rosário, Mané partiu rumo ao leste, seguindo as margens do rio São Francisco, em direção a Semiose. *Um rio que recebe nome de santo parece o caminho correto*, pensou ao sentir na pele as primeiras carícias do agreste. Apesar do calor, seus passos se mantinham seguros e determinados. No horizonte, bem na curva do possível, ele viu o rosto de Jeremias tremelicando em uma névoa abafada. Sozinho, sem outra voz para escutar que não fosse do radinho de pilha, Mané sentiu a saudade do amado crescer entre suas costelas, preenchendo os poucos espaços vazios que restavam dentro dele. Após algumas horas de caminhada, a imagem do rosto de Jeremias, que ainda pairava sobre a linha que separava o chão do firmamento, cresceu.

Jeremias ocupava o horizonte todinho.

Mané não pensou duas vezes: apertou o passo e tratou de correr. Ignorou a cãibra, ignorou o inchaço dos pés e direcionou todas as suas forças para as pernas. E, apesar da lucidez ainda reinar entre suas orelhas, Mané estava certo de que aquela figura era, de alguma forma, seu amado. Contudo, por mais fantástica que a narrativa de nosso herói fosse, até o fantástico reconhece o limite do absurdo; obviamente não se tratava da cabeça degolada e agigantada de seu namorado. Erguida às margens do rio São Francisco, Mané encontrou a Carranca de Juá. Feita em peça única de jequitibá-rosa, a estátua beirava os vinte metros de altura. Graças ao tamanho de sua dentição, a Carranca vivia de boca aberta, revelando a todos a cor de sua fome. As narinas eram largas, as orelhas, pontudas, e os olhos, sempre nervosos, jamais piscavam. No topo de sua cabeleira preta, aves de várias espécies repousavam.

Desolado, Mané se ajoelhou e chorou ao pé da Carranca.

— Oxe, oxe, oxe, homem, por que choras? — perguntou a imensa estátua.

— Choro porque achei, por um momento, que havia reencontrado meu amado.

— Mas homem, o que te levou a crer tal coisa? Não há outra alma no alcance de nossos olhos.

— Confundi a tua figura com a dele.
— A minha? — perguntou a Carranca, confusa.
— Sim.
— Amas um gigante?
— Não. Amo um homem ordinário, assim como eu.
— E como confundiste a minha imagem com a do teu amado, se somos tão diferentes?
— Não sei. Acho que eu o vejo em todos os cantos.
— Parece-me, então, que tu depositas muito nesse teu amor, não é mesmo?
— Mas o amor é sempre isso: depositamos no corpo coisas maiores que nossa alma. Somos pequenos vasos que seguram um infinito.
— Tu tenhas cuidado com essas tolices românticas, jovem humano. Se aceitas que teus sentimentos são maiores que tu, aceitas também que és subalterno desses sentimentos. E de todas as coisas tolas que já vi humanos inventarem, a vassalagem por opção talvez seja a mais tola de todas.
— Tens coração pulsante, Carranca no meio do nada? Tens alma? Sonhas? Há, neste mundo nefasto, outro igual a ti para que possas amar e se entregar? Já encaraste algo que te roubou o ar dos pulmões, algo que domina teus pensamentos como se andasses de antolhos?
— O amor te tornou tolo a ponto de me questionar, humano?
— E por acaso não és passível de questionamento, Carranca no meio do nada? Muito me estranha a soberba de

um imenso pedaço de madeira que tem a pretensão de compreender as inquietações de um corpo feito de carne e sangue quente. Vestes minha pele para saber o que me cabe?

— Muito bem, já que me provocas, sinto-me desejosa de responder. Estes olhos meus veem muito mais do que o agora permite, Mané. Vejo teu nascimento, tua mãe assinando o teu nome num papel e o teu pai abandonando-os. Vejo teu amado Jeremias, as aulas com Constância e Redenção. Vejo, também, o dia da tua perdição. Neste momento, testemunho a tua jornada inteira, vejo o barqueiro, os coronéis e a guerra que ainda vais conhecer. Vejo tudo, até o fim sem um ponto-final. Conheço teu destino inteiro e posso mudá-lo com uma mera palavra.

Tal qual um livro de páginas abertas, Mané viu sua história escancarada, suas entranhas expostas numa ferida sem borda. Aquele monumento feito de madeira conseguia ver as palavras do seu destino, fosse o destino já gasto, aquele escoado na sarjeta, ou o destino não apresentado, aquele que ainda seria chuva.

— Carranca no meio do nada, perdoa a minha intransigência. Amo Jeremias mais do que a mim mesmo, e se dizes que isso é o incorreto, devo, então, acreditar em tuas palavras premonitórias.

— Não falo aqui de aceitares minha palavra, mas de ouvires os absurdos por trás das tuas, Mané. És o protetor da tua fortuna, garoto. Uma vez que a alma conhece a vastidão do próprio encanto, ela encontra um novo tipo de liberdade. E tu vives numa jaula muito apertada.

— Mas o que devo fazer, Carranca no meio do nada? Estou perdido, sem rumo algum. O único norte que tenho é uma cidade que não respeita bússolas, e não há mapa que a segure em algum lugar.

— É Redenção que buscas, não é?

— Sim.

— Persiste, então, em andar por esta terra. Se não enlouqueceres e não fores corrompido pelas injúrias dos homens ruins, se fores honesto e solidário e esperto e sortudo, se tuas ações seguirem as virtudes universais, e não as virtudes tortas dos homens, tenho certeza de que encontrarás algo. Talvez não encontres Redenção, mas certamente encontrarás algo novo.

— Terias um caminho a apontar?

— Segue o caminho que desejar. Estás perdido e desgraçado, não é o chão ou a trilha caminhada o que mudará tua fortuna. Mas Semiose me parece ser um ótimo lugar para começar.

A Carranca de Juá abaixou a língua, revelando a cidade guardada.

Capítulo 9
De como nosso herói dormiu coberto por um nome de papelão

O hálito da Carranca era puro perfume de juazeiro. A cidade escondida no bucho da estátua era facilmente compreendida pelos poetas, pois as placas e as sinalizações eram sempre representações das ideias, não dos nomes. Para reconhecer a padaria, não era necessário compreender o desenho das letras [p + a + d + a + r + i + a] e como elas se quebravam em quatro sílabas, mas apenas interpretar a imagem de uma *aurora sorridente*, visto que todos sabem que uma manhã só é alegre quando se tem pão quente à mesa. Escolas eram *casulos compartilhados*, igrejas eram *olhos fechados na beira do abismo* e shoppings eram *sonhos vazios*.

Para aqueles que descompreendiam as normas, Semiose era muito bem-sinalizada.

Quando as palavras chegavam a ser usadas, também eram representações das coisas, jamais as próprias coisas: montanha era *chão querendo ser céu*, água era *oposto da sede*, crepúsculo era *céu com delírio de dendê* e remédios eram *alívios com preço*. Uma das placas mais curiosas talvez fosse a que sinalizava os consultórios odontológicos: um homem pregado em uma cadeira, eternamente em dor, tudo em nome da promessa de um sorriso perfeito. Talvez esse seja o motivo por trás das dentições tão bem alinhadas nas paróquias semióticas. A Carranca de Juá ensinou aos semióticos a não confiar nas primeiras impressões, afinal era um rosto feio e ameaçador que os protegia, que os acolhia e lhes proporcionava uma vida tão repleta. Para aquele povo, esta era a máxima das máximas: a palavra sempre mata a imagem.

Por ser poeta, Mané compreendia tudo com certa facilidade. Andar pela cidade era como revisitar as aulas da dra. Constância; cada passo era uma desconstrução de ideias. Vagou pelas ruas sem muito compromisso, apenas aproveitando a brisa e a vida de um povoado tão acostumado a alusões. Quando a fome bateu, sentou-se num banco de praça e comeu alguns dos biscoitos presenteados por Rosário.

— Amigo, poderias me dar um pedaço de um desses *discos doces*? — Um senhor maltrapilho se aprochegou e estendeu a mão.

Por mais que as sinalizações de Semiose fizessem pleno sentido aos olhos do poeta, os ouvidos ainda estavam acostumados à concretude das palavras.

— Não chamam isso de bolacha ou de biscoito? — perguntou Mané ao compreender o pedido.

— Chamo do que quiseres, meu amigo, desde que mate a minha fome.

Mané ofereceu alguns biscoitos ao velho, que comeu sem parcimônia.

— A sorte também se esqueceu de ti? — perguntou o homem de boca cheia.

— Deve ter sido isso — respondeu Mané.

— Sabe como os *nascidos com sorte* de Semiose chamam gente como a gente?

O sorriso do velho era pleno, apesar de alguns dentes ausentes.

— Como?

— Tratam-nos pela palavra, não pela ideia. *Mendigo*, esta é a junção de sons que nos deram. Somos a única coisa aqui com nome próprio, porque assim fica mais fácil ignorar a ideia por trás da nossa existência. A ideia é triste demais para verbalizar, por isso preferem nos cobrir com um nome de papelão. Eles não querem se sentir culpados ao pensar nas coisas que o nome *mendigo* esconde. Palavra também é maquiagem.

Mané fitou os olhos do velho, duas grandes esferas brancas com molduras avermelhadas, e viu neles o reflexo do próprio rosto. Tornara-se, sem tirar nem pôr, uma obra completa do descaso. Havia envelhecido de forma brutal em seu tempo sem Redenção: a barba crescera, os lábios racharam, a pele enrugara e os olhos afundaram.

— O nome é terrível mesmo — respondeu Mané.

— Do nome, nós podemos fugir, mas eles logo inventam uma palavra nova. Vão nos cobrir com outro nome, um que pese menos na consciência. Vagabundo, morador de rua, pessoa de rua, indigente, pedinte... Nome não falta, jamais escapamos é da ideia. Essa aí é sombra que acompanha a gente até na escuridão.

Após alguns segundos de silêncio, o velho perguntou sobre o passado do nosso herói, de onde ele vinha e como havia chegado lá. Mané explicou toda a sua história, que estava catando flores de sete-cascas para que borboletas amarelas voassem em volta de um beijo apaixonado com Jeremias e como isso o levou a perder Redenção. Ao escutar a narrativa, o velho gargalhou, uma risada repleta de tosse e descaso.

— Ris da minha desgraça, velho? Estás louco?

— Não sou louco. Não sou eu quem renega a coerência. É a coerência que escolhe funcionar sem mim. Dou risada, mas não por maldade, meu jovem — a voz, já rouca, rouquejou ainda mais. — É o tipo de coisa que só acontece com os sortudos.

— Como assim, velho? Eu te conto a história de minha desgraça, de meu infortúnio, e me chamas de sortudo.

— Tinhas o que perder, jovem. E, se tinhas algo, sortudo tu eras. Ainda o és, já que, diferente de mim, carregas lições e aprendizados e histórias de homem sortudo, o que te dá a oportunidade de ter sorte novamente. Minha sorte não depende de mim. Minha sorte é o acaso. Minha sorte é comer três discos doces ofertados por um estranho. Eu não consigo fugir da ideia.

A razão pertencia ao velho, e Mané não sentiu vontade alguma de tirar isso dele.

— E tu, me conta a tua história — pediu Mané.

— Minha história é esta — ele abriu os braços, expondo o corpo como se fosse uma obra de arte —, está tudo na imagem que carrego. Conhecer o meu ontem não resolve a questão real, que é o que se esconde atrás do nome que aqui me dão. Tu, jovem, carregas o interesse dos olhos, as narrativas de todas as histórias se curvam a ti. Em algum canto deste mundo há um livro com o teu nome na capa. E eu? Eu nem sequer nome terei na tua história. Se eu te contasse a minha vida, nada mais seria que uma página em branco. Nem mesmo o narrador quer perder tempo comigo.

Após a história do velho, o dia se prostrou, a Carranca bocejou, Semiose se entregou ao sono e Mané, que tinha para onde ir, mas nenhum mapa que o guiasse, ponderou sobre como seria sua primeira noite ao relento. Em todo o seu tempo em Restinho, sempre pôde contar com a ajuda de Rosário, que conseguia hospedagens gratuitas conforme desciam a Torre do Oi. Agora, entretanto, a única alma com quem dividira qualquer tipo de intimidade era alguém que nada tinha a oferecer a não ser aquilo que a pele abraçava.

— Conheço este olhar — disse o velho. — Tens sono e nunca dormiste na rua.

— Sim.

— Este banco serve. Já dormi nele antes. Posso garantir, geralmente os sonhos aqui são bons. Reza apenas para que seja uma noite sem protetores de sorrisos brancos. Nós estragamos a vista com a ideia por trás de nosso nome.

O sono não foi interrompido por guardas ou vigias, mas por sonhos inquietos. Mané sonhou que reencontrava Jeremias, que eles se beijavam, que borboletas amarelas voavam em torno dos dois, mas que, mesmo assim, seu amado permanecia insatisfeito. Primeiro, ele reclamava do número de borboletas, alegando que eram poucas; depois, do amarelo de suas asas, que não brilhava com a intensidade desejada; e, por fim, também reclamava do cheiro enjoativo das pétalas de sete-cascas.

— Destino cruel, nem mesmo em sonho tu me concedes aquilo que desejo — esbravejou Mané ao abrir os olhos.

E o destino não se aquietou. A noite seguiu naquele mesmo ritmo, com a voz de Jeremias chorando ao pé do ouvido de Mané, acordando-o de hora em hora. Com a manhã florescendo embalada pelo canto dos rouxinóis, Mané foi acordado pelo sacolejar insistente do velho.

— Rápido, meu jovem, rápido, tens ainda um pouco de sorte dentro de ti. O Caron aportou e segue em direção a Carinhanha.

— E o que foi que perdi em Carinhanha, meu bom velho?

— Não se trata do que tu perdeste, mas sim do que podes encontrar. Caron é homem de coração bom, recebeu esse apelido por dar carona a almas coitadas como tu e eu. Se ficares aqui, serás exatamente quem tu és agora. Aproveita que o acaso foi bondoso contigo e continua a tua história.

Mané não pensou duas vezes, pegou suas trouxas e correu em direção ao cais.

Capítulo 10
De como nosso herói conheceu o barqueiro

Como nada naquela cidade tinha nome próprio, apenas representações de ideias, o cais de Semiose era chamado pelos nativos de *olá e adeus molhado*. Atracada à pequena ponte daquele *olá e adeus molhado* estava uma embarcação de 65 pés chamada O Fim. No convés, estivadores locais empilhavam centenas de garrafas de vinho, carregamento que seria revendido em Carinhanha. Controlando toda essa movimentação estava uma figura de pele alva como carne de macaxeira, e que se vestia toda de preto. Graças ao contraste, mesmo na distância, Mané conseguia ver bem os olhos da figura, duas esferas negras que pareciam ignorar toda luz ao redor.

O velho apresentou Mané ao barqueiro, que balançava a careca positivamente enquanto acompanhava o trabalho no convés.

— Leva este jovem contigo, Caron. O garoto tem um bom *metrônomo de vida* e busca Redenção.

— A cidade da Bruxa? — A voz do barqueiro reverberava como se o homem carregasse um abismo no pulmão.
— Sim, busco minha Redenção.
— Não a encontrarás nas águas do Velho Chico — afirmou o barqueiro. — Bruxas não gostam de águas profundas e correntes.
— Eu sei, mas não há nada para mim aqui em Semiose. Quem sabe, no caminho, encontro o meu caminho — respondeu Mané.
— Nada mais digno do que uma alma perdida tentando se encontrar n'*O Fim*.

Mané presenteou o mendigo com a última de suas provisões: uma latinha de atum desfiado. A despedida se deu num encontro de olhares, sem adeus, sem obrigado, sem até breve, sem palavra de qualquer ordem, apenas aquilo, o pacto de que se viam, um reconhecimento mútuo de existência. Não tinham nomes para lembrar um do outro, apenas as ideias por trás de suas existências: o jovem em busca de Redenção e o velho mendigo de Semiose.

Era a primeira vez que Mané subia num barco e, ao contrário do que ele imaginava, seu espírito não foi tomado pelo medo ou pela apreensão, mas sim pelo êxtase de desbravar uma imensidão azul. A escuna anunciou sua partida com um potente assoar de nariz, o tipo de onomatopeia que não existia em Redenção. O coração de Mané acelerou, mas a reação foi apenas a inércia do susto, já que o resto do corpo estava entregue ao encantamento. O rio cortava a terra de horizonte a horizonte, separando o mundo em dois pedaços, o lado de cá e o lado de lá. E no meio da correnteza, nem cá, nem lá, balançando naquela veia aberta, Mané descobriu que navegar era uma forma de voar baixinho. O mundo revelou algumas de suas belezas ocultas, com sereias saltando sobre as marolas, enquanto no firmamento nuvens brincavam de ser flor de angico. Em pouco tempo, Semiose já não estava ao alcance dos olhos, e somente a Torre do Oi, com toda sua ambição, pairava à distância.

Encostado na balaustrada da escuna, sentindo a paz que só um fluxo d'água era capaz de proporcionar, Mané se perdeu em pensamentos. Lembrou-se de Jeremias e sentiu, de novo, a saudade de seu amado preenchendo seus vazios. No fim daquela noite, a tristeza o tratou como pano de chão, retorcendo-o até o limite, espremendo dele o pouco que sobrava.

Ao despertar, lembranças ocuparam todos os espaços do seu corpo.

Havia mais Jeremias do que Mané dentro de Mané.

Estufado, podia sentir a saudade subindo pela garganta, sufocando-o. Enfiou o dedo na boca e sentiu, no fundo da língua, o anzol que a letra *S* tem por natureza. Segurou bem e tirou a palavra de dentro dele, puxando-a do bucho como uma lombriga. Usou o *U* como cabide, e deixou a saudade quarando no varal.

E como bem se sabe, sentimento, depois que seca, vira esquecimento.

Leve e sem qualquer amarra, desprendido daquele amor pesado, Mané aprendeu a pescar. Ao longo de toda a vida, jamais tinha comido algo que ele mesmo capturara, temperara e preparara. Aprendeu tudo com Caron. O barqueiro era um homem de paradoxos, vestia-se como um coveiro, mas sorria feito criança diante de algo novo. Lembrava, em muito, a professora Constância, principalmente por apreciar as artes.

— A ciência tem valor, navegamos neste momento porque forças da natureza nos impulsionam a seguir em frente. Este barco flutua, pois foi projetado de certo modo; caso contrário, afundaria com o peso do ser. Mas a ciência é apenas uma das formas do possível. Poetizamos pois fomos projetados de certo modo, caso contrário, tal qual um barco mal planejado, afundaríamos com o peso do ser.

Mané gostava da voz e das palavras do barqueiro.

— Lá em Redenção, estudei muito sobre poesia com a dra. Constância. Métricas, escolas, movimentos e eruditismo.

— Cadência e métrica nunca foram muito do meu agrado. Nada mais que espartilho para poeta usar: apertam e colocam na forma de uma regra que, se tu olhares bem, não existe de verdade. Tem coisa que não merece viver cercada por arame farpado.

— Mas poetizar não pode ser algo completamente livre. Precisa de regras para ser poesia. Precisa dar trabalho para ser válido.

O barqueiro riu.

— Precisa?

— Certamente. Se tudo é poesia, nada é poesia. Arte não pode ser tropeço. Arte não nasce sem sua parcela de dor e sacrifício. Tem que ser calculada, pensada, planejada, estruturada. Precisa de um propósito para existir. Árvore não é poesia, mas pode virar...

— Faz sentido, e eu até concordo. Mas parte de mim, uma parte pequena, sendo honesto, mas ainda assim uma parte de mim, acredita que nada que a gente escreve é de fato nosso. Algo que não está apenas nas sinapses ou no estudo ou naquilo que a ponta do lápis consegue riscar, algo para além de nós mesmos, algo que nos usa, como se nós fôssemos a tinta de um artista ainda maior. Penso nos pensamentos perdidos e não acho que eles estejam dentro de nós, caso contrário teriam outro nome. Eles estão por aí, levados pelo vento. E quando pensamento perdido trata de fazer cafuné em artista, aí vira poema. Quando encontra o artista certo, é claro. Pensamento perdido que encontra o artista errado vira palanque.

Caron e Mané conversavam sentados na proa, com a brisa correndo pelos dois. Acima deles, gaivotas planavam, aproveitando a graça de suas anatomias para pincelar o dia em uma queda sem fim.

— Então esta é a tua vida? — perguntou Mané desfrutando da beleza local.

— Sim. Vivo trazendo coisas de lá pra cá. Quando não estou levando coisas de cá pra lá. Estou sempre no meio do caminho.

— A vista é bela.

— Isso ela é.

— Eu poderia olhar para esse cenário pra sempre.

— Pra sempre não existe. — O barqueiro suspirou. — Tudo tem um ponto-final.

— Sempre achei que o infinito fosse coisa de poesia — disse Mané, seu espírito focado nas pequenas rugas que *O Fim* fazia ao rasgar a superfície do rio. — Ideia muito grande que cabe em espaço tão miúdo.

O barqueiro sorriu. Era o tipo de prosa que servia de vento para suas velas.

— Quando penso no infinito, penso neste rio, essa coisa que só faz passar e mesmo assim fica — disse Caron. — Coisa que se aperta entre duas margens para caber na palavra.

A conversa entre os dois se desdobrou. Trocaram sonhos e algumas poesias, tudo sob o escrutínio do astro mais curioso que há, aquele que gosta de ser lanterna e espionar tudo. Mané sentia-se tão leve em sua nova vida, sem o peso de uma saudade desmedida, que passou a flutuar, precisando ser amarrado à âncora da embarcação para não se afogar nas vagas brancas do firmamento. Caron, ao avistar o homem voejando, avisou:

— Não queiras ser pipa, meu caro! Pipas podem até provar os ventos benevolentes que só as alturas conhecem, mas elas jamais se partem do cordão umbilical. Vivem aterradas. E como não podemos ser pássaros, se quiseres viver de leveza e flutuar, sejas como a bolha de sabão: vivas intensamente a tua queda e saibas que o chão é o teu fim.

Com as borboletas desvairadas que reboliam dentro do seu bucho, fazendo cócegas onde antes havia apenas fome, Mané só conseguia sorrir. As águas do Velho Chico, assim como as brisas e a vista, eram carícias de mãe em tarde de preguiça.

— Para um homem que busca Redenção, sabendo muito bem que provavelmente nunca mais vai encontrá-la, tu me pareces muito feliz.

— Eu estou feliz.

E mesmo durante a noite, quando o frio se fazia de urtiga ao contrário, Mané se embasbacava com a beleza de sua nova vida. As luzes acesas das comunidades ribeirinhas viravam vaga-lumes de soluço constante, o ar era tão puro que tornava cada suspiro um ato de carinho próprio, e as ondas soavam como notas musicais que acompanhavam o sopro de flauta da brisa noturna.

A paz seria plena caso o homem não vivesse antes e depois do horizonte.

Na distância, explosões.

— É a guerra — disse Caron.

— Guerra?

— Sim. Conheces?

— Só de nome.

— A palavra "guerra" não comporta a ideia por trás da guerra. Por mais que o infinito em si seja algo impossível de abraçar ou de compreender de fato, a palavra consegue conter a essência da ideia. Não é assim com a palavra guerra. As coisas da guerra não grudam nas letras, há muito que escorre por entre as sílabas. Quando se tem tanta morte tão próxima uma da outra, um jardim de carne podre, tudo perde seu sentido.

— A gente está em guerra com quem?
— Com nós mesmos. Não ouviste? Fomos partidos ao meio. A parte de cima e a parte de baixo. O lado de cá contra o lado de lá.
— E a gente está de que lado? Do lado que está vencendo ou do lado que está perdendo?
— Só há uma vencedora na guerra, e ela anda de preto e gadanha na mão.

Enquanto conversavam, colisões na quilha da escuna chamaram a atenção do barqueiro e de seus tripulantes. Caron estranhou: conhecia bem aquelas águas e sabia que não havia bancos de areia ou pedras na região. Com lanternas em punho, todos se direcionaram para a proa, encontrando a água suja pelos espólios da guerra: centenas de corpos seguiam o fluxo do Velho Chico, manchando o rio com a cor de suas entranhas.

— O horror... — disse o barqueiro. — Não é possível que a guerra já esteja por estas bandas.

Com essas palavras, uma bala de canhão perfurou o casco da embarcação com um beijo estalado; homens foram lançados ao ar, encontrando descanso em um túmulo molhado. Toda a leveza que momentos antes transformara Mané em pipa se esvaiu no ósculo da guerra. Sua alma pesou. E como se isso não bastasse, ele ainda estava amarrado à âncora do barco, sendo levado a conhecer os mais internos desejos do Velho Chico. Ao ser engolido, viu sereias fugindo dos disparos, viu corpos desmembrados e garrafas de vinho quebradas.

Mané prendeu a respiração pelo tempo que pôde, mas ar não faz morada em homem por muito tempo. A água invadiu sua boca, e o corpo do nosso herói virou território ocupado.

Vejam só que desfortuna: em seu primeiro mergulho, Mané se afogou.

Capítulo 11
De como nosso herói conheceu a guerra interna

As águas do Velho Chico subiram pela goela de Mané feito uma cascata invertida, escapando pelos lábios numa golfada desesperada. Caron tinha as mãos contra o peito dele, apertando a vida a ponto de fazer o coração pulsar novamente. O barqueiro ofegava, seus olhos agora testemunhavam sua embarcação sendo puxada para o fundo do rio. Era o fim d'*O Fim*.

Estavam os dois na margem do Velho Chico, explosões eclodindo ao redor.

— Vamos — convocou o barqueiro.

Caron e Mané correram por uma mata rasteira, fugindo de tiros de fuzil. Após horas de fuga, decidiram se sentar atrás de um pé de jequitibá.

— Acho que estamos seguros aqui — disse o barqueiro.

— O que aconteceu? A guerra chegou?

— Não sei. Não consigo imaginar como.

— E que disparos são esses, então?

— É uma boa pergunta, Mané.

Decidiram ficar escondidos pelo resto da noite. O sono não veio, e os dois ficaram abandonados ao relento e aos caprichos do medo. Em certo momento, quando as explosões pareciam estar se aproximando, se abraçaram, procurando nos braços amigos uma segurança inventada. Então, veio o murmúrio sibilar dos mortos, que se arrastou pela grama, envolveu Mané e o apertou.

Naquela noite, ele escutou a canção dos desolados: o silêncio que acompanha o poeta que perde suas palavras.

...
 ...
  ...
   ...
    ...
     ...
      ...
       ...
        ...

Com o Sol servindo de coroa no horizonte, Mané e Caron se levantaram e vagaram pelas margens do rio, encontrando restos d'*O Fim*, assim como alguns corpos que o fluxo d'água não engolira.

— Tu já leste muito, não é, Mané?

— Não sei se muito. O suficiente para prosar sem morrer pela boca.

— Já atentaste ao ponto-final do teu livro predileto?

— Como assim, Caron?

— Atentaste ao ponto-final? Serias capaz de reconhecê-lo entre outros pontos-finais?

— Não.

— Eu também não. Todos os livros terminam com um ponto-final, e todos os pontos-finais são iguais.

— Que observação estranha para um momento tão desolador, meu amigo.

Caron estava agachado, encarando a carcaça pálida de um tripulante que estava sob seu comando.

— O ponto-final é a morte de toda história, e a gente jamais dá dois segundos de atenção a ele. E é natural que seja assim, porque o ponto-final nada mais é do que um pingo no papel, uma gotícula de tinta. Mas com a nossa própria finitude, com a nossa própria mortalidade, não conseguimos ser tão indiferentes. Olhamos para o nosso ponto-final não como um pingo, mas como um grande oceano que afoga toda a nossa essência.

— É fácil compreender o motivo, não, Caron? Estás a analisar a fibra invisível da leitura. Pontos são como o chão em uma caminhada de pensamentos perdidos. Passam sem que prestemos atenção. Dei muitos passos até chegar aqui, mas não me recordo de nenhum em específico.

— Engano teu, meu jovem. Dá ao leitor a plena liberdade e verás o belo caos que a história é sem uma cadência imposta pelo tempo. Tira as pausas, as elipses e as paradas; tira as vírgulas, os capítulos e os pontos e verás o caos que é ler.

O cenário em volta deles era de terra arrasada, a carne estava machucada e moída, e tudo que restava àquela dupla de almas sofridas eram as palavras e o delírio da esperança. A conversa seguiu a fórmula lírica entre dois artistas perdidos: a fruição era mantida à custa da lógica ou da coerência. Não buscavam salvação naquela troca, tampouco se importavam com a eficiência dos argumentos; proseavam pois eram poetas sem caneta, sem papel e sem uma musa.

Os pés só pararam quando o som de um disparo ecoou pelo ermo. O responsável pelo tiro surgiu atrás deles, o fuzil em sua mão esfumaçando como o próprio dragão da maldade. Os olhos do homem eram amarelos com fronteiras vermelhas, pareciam mais furúnculos do que janelas abertas.

A mira de sua carabina estava direcionada para Mané.

— Parado! Nem mais um passo!

Todo corpo que se vê diante de uma arma engatilhada sabe o que fazer. Por mais paradoxal que seja, confirma-se primeiro a segurança daquele que está armado, e a vítima revela suas mãos. Depois, estas mesmas mãos seguem em direção aos céus, pedindo clemência ao pai protetor.

— Diz, estás com os meus ou contra os meus?! — gritou o soldado.

— Perdoa-me, amigo — respondeu Caron. — Apesar de teres uma arma apontada em nossa direção, acho seguro afirmar que não somos contra os teus, visto que não somos contra qualquer tipo de coração pulsante. Agimos sem discernimento. Apenas seguimos nosso caminho.

O soldado, no entanto, continuou em posição de combate.

— Diz! Estás com os meus ou contra os meus?! — O homem repetiu a pergunta gritando ainda mais, como se a entonação pusesse fim àquele desentendimento.

— Meu amigo respondeu à tua pergunta, homem! — disse Mané, nervoso.

— Que amigo?

E foi assim que Mané se encontrou sozinho diante do fuzil do soldado. Olhou para os rastros que deixara no caminho e viu apenas um par de pegadas.

— Ele estava aqui até pouco tempo atrás... — disse Mané, suspirando.

— Perdeste o juízo ou me tomas por tolo?

— Sinto muito. Pensei que tinha companhia ao meu lado.

— Então, responde: estás com os meus ou contra os meus?!

— Não sei se sou dos teus ou contra os teus. Não o conheço.

— Lutas pelo lado de lá ou pelo lado de cá?

A pergunta, mais uma vez, pareceu não ter resposta clara.

— A única luta que conheço é a andança.

— Não és um dos soldados do coronel Ângelo Carlos Mineiro? — perguntou o soldado inclinando a cabeça.

— Não — respondeu Mané. — A embarcação na qual eu seguia foi afundada por uma bala de canhão. Só não morri afogado porque acho que a morte gostou de mim.

— És, então, um futuro aliado meu! — O soldado baixou o fuzil. — Vamos! Bem-aventurado que és, caíste do lado certo desta guerra!

O soldado apontou o caminho e tratou de caminhar à frente de Mané.

— A guerra chegou aqui?

— Em parte — respondeu o soldado.

— Como assim?

— O coronel Ângelo Carlos Mineiro, dono destas terras todas, ainda se vê dividido quanto a tal decisão. Parte dele deseja se juntar à causa separatista, parte não. Um absurdo, se minha opinião sobre o assunto servir para qualquer coisa. Os Prudentistas são claramente os vilões aqui! Valem menos que bufa fria de mosca morta. Não tenho dúvida de que a bala de canhão que afundou teu barco partiu do lado de lá.

— Prudentistas?

— Sim.

— E o que são Prudentistas?

— Gente que segue a ordem do lado de lá do rio. Povo que vive com os olhos nos livros e não escuta as verdades do bucho!

Mané, por não conhecer a história, aceitou tal opinião como fato verídico. As coisas, como se deve imaginar, eram um tanto mais complicadas. O Prudentismo, na realidade, foi um movimento dentro da filosofia social proposto por Clemente Prudente, acadêmico e jurista baiano. Dono da maior biblioteca do país, capaz de recitar, de cabeça, todas as versões da constituição nacional, passadas e presente, Clemente Prudente foi uma das maiores mentes pensantes de seu tempo. Formado com honras pela Universidade Federal da Bahia, chegou à magistratura como uma jovem promessa, homem que moldaria a jurisprudência brasileira com sua excelência. O acadêmico, no entanto, dizia ser vítima do próprio nome. Em seu já famoso discurso de formatura, recitou: "O Prudentismo é a ciência de evitar arrependimentos." Tamanha era sua cautela que ele julgou, ao longo dos cinquenta anos de carreira, apenas um caso. Após meio século de deliberação, estava prestes a revelar seu veredito, quando o coração, consumido pela ansiedade dos justos, cedeu ao peso da decisão.

— E como o lado de cá se chama? — perguntou Mané ao soldado, que brincava com seu fuzil, jogando-o ao ar.

— Nós? Nós somos Bacorejistas.

O Bacorejismo foi um movimento dentro da filosofia social proposto por Tino Bacorejo, também acadêmico e jurista baiano. Autodidata, aprendeu tudo sobre o mundo caminhando pelas ruas, experimentando a vida boêmia e frequentando os melhores bares e prostíbulos do estado. Durante seu tempo na Universidade Federal da Bahia, tornou-se uma celebridade local, notório pela habilidade no improviso e na oratória. Formou-se sem jamais ter lido um único livro ou texto acadêmico. Sobre tal proeza, Tino Bacorejo também se disse vítima do próprio nome. Em sua festa de formatura, cercado por colegas e tietes, e com um copo de cachaça na mão, o homem recitou as palavras pelas quais seria lembrado: "O Bacorejismo é a arte de saber sem saber ao certo." Tino Bacorejo também virou juiz. Julgou mais de novecentos mil casos em sua vida. O segredo para tais números? O homem nunca leu um auto sequer, apenas escutava seus instintos e deliberava as sentenças antes mesmo de chegar ao tribunal.

Mané, obviamente, não sabia de nada disso. Seu conhecimento estava restrito ao que era dito pelo soldado. O entendimento, porém, mesmo sendo apresentado, seria irrelevante: quando se está sob a mira de um fuzil, a única sabedoria que presta é a língua se dobrando para exclamar "sim, senhor!".

— A guerra, então, é entre Bacorejistas e Prudentistas? — perguntou Mané.

— Correto. O coronel Ângelo Carlos Mineiro está dividido entre as duas vertentes da guerra, a parte de cima e a parte de baixo. Os Prudentistas acham melhor seguir sendo resistência. Os Bacorejistas acreditam que devemos nos rebelar contra a parte de cima.

— Serves à parte de baixo?

— Claro.

As plantas e árvores daquele canto da Bahia eram de couro agreste; verde que tinha índole de arame farpado, sem afeto algum em suas extremidades. O chão parecia pele de velho, seco e rachado e com pouco espaço para pensar no amanhã. No fundo daquele cenário tão desolado, a silhueta de um casarão quebrava a plenitude reta do horizonte.

A mansão era apenas meia mansão. Havia sido serrada de alguma forma, tendo parte de sua fachada exposta, assemelhando-se a uma casa de boneca em tamanho real. Na varanda da casa, a figura mais bizarra que Mané já vira em seu tempo sem Redenção: um meio-homem. Tratava-se do coronel Ângelo Carlos Mineiro, mas apenas a parte de baixo dele: o bucho, a pélvis, as pernas e os pés. Com apenas metade do corpo para se apresentar, o traseiro servia como rosto, exposto ao mundo através de um corte proposital em suas calças, adornadas com estrelas e condecorações nas bainhas. Enfiado entre as nádegas, um cachimbo lançava fumaça ao ar.

— Muito bem? Quem é este desconhecido? — O coronel bufou sua pergunta.

— Esse é... Nem perguntei o nome, coronel. Ele disse apenas que não conhecia a guerra.

— Meu nome é Mané.

— E o que fazes em minhas terras, Mané?

— Estou em busca de Redenção.

— Mais uma alma coitada atrás da Bruxa, é?

— Assim eu presumo.

— Muito bem, não encontrarás Redenção por estas bandas, homem. Mulher esperta aquela Bruxa. Sabe que terra em guerra não faz o tipo dela.

— Seguirei meu caminho, senhor.

— Não, não, não, não — entre cada negativa, um peido. — Nesta guerra, tens apenas duas opções, Mané: o lado de lá ou o lado de cá. Escolhendo o lado de cá, ganharás comida e água, além de um fuzil e balas. Escolhendo o lado de lá, ganharás apenas as balas.

Ângelo Carlos Mineiro podia ser apenas meio-homem, mas não era um homem de meias-palavras.

— Tenho apenas uma escolha, então — disse Mané.

— Garoto esperto.

Capítulo 12
De como nosso herói começou no lado de cá e acabou no lado de lá

Sob as ordens do coronel, Mané aprendeu a atirar. Odiou toda a experiência: o peso do fuzil, a textura do gatilho, o som do disparo, o solavanco, o cheiro de pólvora queimada e o estrago do outro lado, mas obedecer passou a ser uma questão de sobrevivência.

Teve de aprender tudo sozinho, pois os homens do lado de cá eram todos Bacorejistas e não acreditavam em explicações ou metodologias. Era a lei do bucho que ditava o regimento, não sobrando espaço algum para coisas consideradas banais, como o planejamento. Comiam quando bem entendiam, farreavam quando dava na telha, e guerreavam na estratégia do deus-dará.

A ordem e a prudência eram repudiadas.

Certo dia, após um mês em terras Bacorejistas, o coronel chamou nosso herói para uma conversa. Disse-lhe, através de peidos muito eloquentes, que havia sonhado com Mané na noite anterior, que esse apareceu em meio às brumas para conduzi-lo à derradeira vitória. O coronel afirmou que aquela guerra já durava muito tempo, que estava cansado e desejava vencer a todo custo. Mané, que nada conhecia da arte da guerra, perguntou-lhe sobre as estratégias aplicadas, chegando a pedir um mapa para poder se situar. A resposta foi um coice bem dado nas partes íntimas, que deixou Mané de joelhos.

— És um Prudentista ou um Bacorejista, homem? — A voz era ainda mais flatulenta quando nervosa.

— Sou um Bacorejista — Mané grunhiu, apertando seus documentos com força, como se tentasse segurar a própria dor, que parecia querer se alastrar pelo resto do corpo.

— Pois bem, deixa de prudência e segue teu caminho. Chama os homens.

— Mas eles só fazem o que querem. Não me obedecem.

— Não te obedecem pelo mesmo motivo que te dei um coice no saco! — A risada era feita de bufas curtas, daquelas que escapam de nádegas velhas a andar. — A prudência ainda reina nas tuas entranhas. Escuta o bacorejo e prova a liberdade que desconheces.

Mané foi até os aposentos dos soldados e encontrou um batalhão inteiro jogando cartas. Bebiam e fumavam enquanto uma música tocava no rádio. A coleção de onomatopeias naquele cômodo, somada à desgraça que era viver numa guerra que ele não compreendia e na qual não queria guerrear, mexeram com os nervos de Mané. Ele foi até o aparelho de rádio, levantou-o aos céus e lançou-o ao chão com toda sua força. Pedaços voaram pelos aposentos como estilhaços de um tiro de canhão. Um dos homens do coronel se levantou com empáfia. Era o mesmo soldado que o encontrara após o naufrágio d'*O Fim*.

— O que pensas que estás fazendo?

Antes mesmo que a boca articulasse uma réplica, o punho de Mané seguiu os comandos do bucho e acertou o soldado, roubando-lhe todo o ar que tinha dentro de si. Mané pulou em cima do homem e o atacou. Bateu nele sem motivo algum. E ao passo que o calor crescia e o ritmo das agressões acelerava, ele notou que sua investida era embalada por aplausos.

Mané se levantou e viu um sorriso ensanguentado no chão. O soldado agredido cuspiu uma catarrada de seiva quente e estendeu a mão para ele.

— És, finalmente, um dos nossos!

E nosso herói se sentiu isso mesmo. Um Bacorejista.

Entorpecido pelo fervor do momento, ordenou que aquele batalhão o seguisse em direção ao território inimigo. O espírito permaneceu inflado, repleto da soberba que só a coragem conhece. Ao chegar às margens do Velho Chico — águas que serviam como fronteira entre o lado de cá e o lado de lá —, a convicção virou receio. Ao perceber a correnteza e a largura daquele fluxo d'água, o jovem sentiu a coceira da prudência correndo por sua coluna, e tudo que ele queria fazer era dar dois passos para trás e procurar por um ponto mais seguro para atravessar. Mas ele não podia se dar ao luxo de ser cauteloso.

Dentro de Mané, na acústica perfeita que as costelas proporcionam, uma ópera tomou forma. O coração, responsável por traduzir pensamento em sentimento, assumiu o papel de maestro, ditando o andamento do espetáculo. Assim que os pés afundaram na lama, o sangue passou a pulsar em *adagietto*, aquecendo os músicos para o grande clímax do medo. Quando a água alcançou a altura dos joelhos, o frio apertou o compasso, e a velocidade rítmica já podia ser caracterizada como *marcia moderato*, ritmo que reverberava pelo resto do corpo, dando pressa às pernas e coreografando a travessia em uma dança nervosa. Assim que o umbigo se viu submerso, a memória da pele cantou lembranças do ventre, e a ópera passou a ser um *vivacíssimo*. No momento em que o rio bateu na altura do peito, nosso herói ergueu os braços e protegeu seu fuzil. Sem perceber, já era mais soldado que Mané. No meio da travessia, ao lutar para manter o rosto fora da água, viu um dos seus companheiros ser levado. O grito foi rapidamente sufocado por uma mordida molhada. Foi quando o maestro de suas emoções ousou o andamento *prestíssimo*.

E de lá não havia mais como acelerar.

Estava no limite dos acordes e das notas e do ritmo e da harmonia.

Para o alívio de Mané, a ópera — por mais intensa que tenha sido — se apresentou como uma opereta, e, em pouco tempo, ele chegou ao outro lado do Velho Chico, invadindo terras Prudentistas. Procurou o resto de seu batalhão para celebrar, mas encontrou apenas a fome da correnteza.

Mais uma vez, estava só.

Não havia uma única alma ao seu redor que o obrigasse a continuar na missão, ninguém para testemunhar aquela sua imitação fajuta de soldado Bacorejista, mas, ainda assim, Mané persistiu. Não por teimosia ou por convicção, apenas pelo fato de que seu coração ainda batia e não havia nada naquele novo mundo para persuadi-lo a buscar outra opção.

Tudo que ele tinha naquele momento era a inércia.

Caminhou até encontrar, no horizonte, a outra metade da mansão do coronel Ângelo Carlos Mineiro. Estava preparando o fuzil quando foi surpreendido por cinco soldados. Os homens saíram de trás de pedras, arbustos e árvores, todos trajando vestes camufladas, que os tornavam invisíveis aos olhos destreinados de Mané.

— Larga o fuzil e mãos ao alto! — gritou um dos soldados. Mané obedeceu. — Portas-te como um Bacorejista. És um?

— Apenas momentaneamente.

— Como assim, homem?

— A vontade de sobreviver me fez ser aquilo que era necessário.

— Descreves a ação de um Prudentista.

— Descrevo?

— Sim. Vamos, o coronel decidirá teu futuro.

Os soldados guiaram Mané sem jamais baixarem as miras. No caminho, nosso herói viu trincheiras e armadilhas, todas perfeitamente montadas e todas perfeitamente intactas. A mansão, assim como sua contraparte, era apenas meia mansão. Contudo, por se tratar da metade Prudentista, a fachada frontal chamava a atenção pelas barricadas à frente das portas e das janelas.

Ao se aproximarem da varanda, protegida por grades de arame farpado, um dos soldados gritou:

— Chamem o coronel!

O soldado que defendia a varanda se levantou e bateu na porta três vezes. De dentro, uma voz abafada perguntou:

— Quem é aquele que enterra os amigos?

— O prudente, senhor — respondeu o soldado.

Após a confirmação da senha, vieram os barulhos de trancas sendo destravadas. Uma atrás da outra, elas rangiam, como madeira velha se quebrando. Sobre uma cadeira de rodas estava a outra metade do coronel Ângelo Carlos Mineiro, a parte de cima: o peito, os braços e a cabeça. Tinha olhos de gavião, que iam de um lado a outro, buscando possíveis ameaças escondidas.

— É a primeira vez que um Bacorejista chega tão longe nesta guerra.

— Ele se diz Bacorejista, mas suas ações parecem prudentes, senhor — respondeu um dos homens.

— És, então, só meio Bacorejista.

— Possivelmente — respondeu Mané com receio.

— E com qual metade eu estou falando agora?

— Eu inteiro.

— Vieste me matar?

Mané não havia pensado tão distante no tempo. Com certeza tinha ido ao outro lado do Velho Chico com um propósito, mas matar alguém não era algo que ele planejava ou desejava fazer.

— Não sou homem de matar, senhor.

— És leal ao lado de lá?

— Entrei nesta guerra contra a minha vontade. Vejo-me, pela falta de melhor expressão, dividido, senhor.

— Podes, então, agir como um espião. Me ajudar a montar a melhor estratégia.

— Se ajudar o senhor for a minha salvação, eu aceito.

— Farias tudo pela sobrevivência?

— Sim.

— Até trair teus ideais?

— Certamente, senhor.

— E que pulsação de vida é essa que sentes para se dedicar tanto ao reino dos vivos?

— Somente os vivos encontram Redenção.

— Garoto esperto.

Capítulo 13
De como nosso herói não prestou para a guerra

O coronel Ângelo Carlos Mineiro levou Mané até o seu escritório, que servia como quartel-general para aquela guerra de desejos partidos. Na escrivaninha, mapas detalhados da região, todos com marcações precisas de cada posto de observação, cada tocaia, armadilha e trincheira.

— O que achas? — perguntou o coronel.

— Minucioso.

— Mas é claro. A pergunta é: há como vencer?

Analisando as estratégias de defesa do lado de cá da guerra, Mané notou algo curioso, algo que suscitou uma pergunta:

— Coronel, há quanto tempo estás em guerra com tua contraparte?

— Trezentos e sessenta e oito dias.

— E disseste que eu fui o primeiro soldado inimigo a chegar até a tua varanda.

— Foste o primeiro a atravessar o rio.

Mané não conseguiu esconder o sorriso que brotou em seu rosto, fato que muito irritou o fragmento de alma à sua frente.

— Achas a guerra motivo de graça, jovem?

— Perdoa-me, coronel. Mas a tua defesa me parece demasiada para um inimigo destituído de qualquer planejamento. Qualquer ofensiva tua resultará em vitória. O lado de lá vive a farrear e não há um único guarda de sentinela. Um batalhão inteiro pereceu nessa minha travessia fracassada.

— Compreendo, agora, a tua facilidade em trair o lado de lá. Pulas entre uma doutrina e outra como um maldito coelho. A prudência, por natureza, não pode ser apenas uma decisão de momento. Ela deve ser uma constância.

Mané lembrou de sua professora predileta. Certamente ela, entre todas as pessoas, saberia como sair daquela situação e se ver livre daquela guerra ridícula.

— E se todas as tuas forças atacassem de uma só vez? — sugeriu Mané.

— E quem protegeria a fazenda? — perguntou o coronel.

— Metade, então?

— E se metade não for suficiente?

— Basta atravessar o rio, apenas para vigiar o inimigo.

— Como atravessaríamos o rio?

— De barco.

— Que barco? Teríamos que encontrar um bom fornecedor, testar, comparar com outras opções e só depois agir.

A conversa seguiu sem progresso por mais duas horas. Ao fim, exausto de tanta precaução, Mané finalmente se irritou.

— Coronel, só existe uma maneira de vencer esse embate: acreditando que o ataque será bem executado. Acreditando que o teu exército será suficiente.

— Eu quero vencer, mas o que me pedes é impossível.

— Por quê?!

— De que adianta o triunfo se não for conquistado por meio dos meus ideais, jovem? De que adianta vencer a guerra se não for pelos meios que defendo? Sou prudente, defendo o Prudentismo. De que me serve a vitória, se ela só será alcançada pelo Bacorejismo? No fim, fincarei em minha terra uma bandeira que não me representa.

Mané tentou argumentar, mas não havia nada que pudesse ser dito contra aquelas palavras. Dentro daquele raciocínio, a guerra só poderia terminar de uma única forma.

— O senhor já pensou na possibilidade de não ser mais um coronel partido ao meio?

— Já. Claro que já. Sou prudente, penso em tudo, garoto.

— Não há mais como ser um inteiro?

— Há, é claro que há. Mas, será que voltar a ser um é o melhor desfecho? Será que aqueles que escutam os instintos podem aceitar aqueles que são prudentes? Será que aqueles que são prudentes conseguirão ser felizes vivendo com decisões instintivas? Será que há algo que nos mantém conectados, além da vontade de ser um?

— Não sei.

— Eu também não sei.

A metade proeminente do coronel Ângelo Carlos Mineiro balançou o sino que descansava na quina de sua escrivaninha. Um soldado surgiu prontamente na porta.

— Tu não serves para soldado — disse o coronel a Mané.

— Nem para a parte de lá, nem para a parte de cá. Se fosses Bacorejista por inteiro, eu te mataria agora mesmo. Contudo, há um tanto de Prudentismo em ti e, como não existe meia morte, deixarei que sigas livre. Mas sob uma condição.

— Qual?

— Que partas para longe. Meu homem te guiará até a estação de trem e tu seguirás Deus sabe para onde, contanto que não fiques aqui na minha guerra.

— Não tenho um tostão para pagar a passagem.

— Eu pago, apenas para me ver livre da ameaça de um soldado meio Bacorejista em minhas terras.

— Aceito de bom grado, coronel. Não tenho alma para a guerra.

— Todo homem é bicho inclinado para a guerra. Apenas não achaste a tua ainda.

Como prometido, um dos soldados do coronel Ângelo Carlos Mineiro guiou Mané até a pequena estação de trem que ficava algumas léguas ao sul da fazenda. A construção era antiga e simples, composta apenas por uma guarita para vendas de passagens e um banco coberto por um toldo rasgado.

O soldado pouco conversou com Mané durante a caminhada, afinal era um Prudentista. Após comprar o bilhete para o trem das sete, ele se posicionou ao lado da ameaça e aguardou. Mané arriou o traseiro no banco e contemplou a trilha de ferro que cruzava o terreno seco e sem vida. Ela seguia, de um lado a outro do horizonte, tal qual um arco-íris enferrujado e estatelado no chão.

— Já olhaste para as asas de uma borboleta bem de perto, soldado? — perguntou Mané, seu olhar perdido na fina linha que separava o chão do firmamento.

— Não.

— Dá pra ver o universo todinho na asa de uma borboleta.

O trem chegou fazendo alarde em forma de fumaça. Mané lembrou do sorriso de Rosário e da primeira vez que viu uma locomotiva. A distância entre lá e cá parecia maior do que a que tinha percorrido.

Tem coisa gigante que cabe em coisa miúda e tem dia que se esparrama pelo calendário inteiro.

Mané subiu no vagão e encarou o soldado Prudentista, ciente de que ele ficaria ali até ter plena convicção de que a ameaça havia partido.

— Adeus, soldado.

Capítulo 14
De como nosso herói virou ator

A farra dentro do trem das sete era intensa. Um grupo de jovens artistas cantava e dançava, pulando de banco em banco enquanto garrafas de vinho eram compartilhadas e bebidas no gargalo. A canção era alegre e os sorrisos, genuínos. E até os pés de Mané, cansados, inchados e rachados, se viram dançarinos, acompanhando o ritmo daquela zona.

Uma mulher de cabelos curtos se sentou ao lado de nosso herói em um pulo de gato, assustando-o.

— Que cara é essa, homem?

— Cansaço.

— Cansaço? O que é o cansaço para quem está no trem das sete? — Ela o abraçou.

— Não dormi, não comi direito e estou indo Deus sabe para onde. Pé na frente do outro e só.

A mulher arregalou os olhos e seu sorriso, já largo, enlargueceu.

— Tu não sabes para onde o trem vai?
— Não tenho ideia.
— Meu povo! — A mulher gritou para os outros jovens. — Este sujeito aqui não sabe para onde vamos!
— Não é possível. — Um dos homens correu até Mané e o encarou com assombro.
— Por que o espanto? — perguntou nosso herói.
— És um sujeito de sorte. Estás indo para Dionésia, homem — respondeu a mulher. — Melhor lugar não há.
— Dionésia? — Mané jamais ouvira falar da cidade. — Fica em Minas Gerais?
— Não, tolo. Aqui mesmo, na Bahia. Não conheces a música?
— Que música?
A mulher, então, cantou:

Vou-me para Dionésia,
lá irei ficar.
Um novo palco desejo ocupar.
Com ovações não vou me preocupar.
Aplausos são coisas que não existem por lá.

O homem, ao seu lado, continuou:

Vou-me para Dionésia,
lá irei atuar.
Minha máscara vou colocar.

A ribalta não vai me parar.
Essa fronteira que não existe lá.

E, enfim, todos cantaram:

Vou-me para Dionésia,
lá irei estrear.
De amores cênicos desejo viver.
Nos palcos irei sempre farrear
e de cortinas fechadas não vou morrer.

Dionésia foi o mais ambicioso projeto do dramaturgo e ator Genuíno Fidedigno Veras. Figura notória no cenário dramatúrgico baiano, Genuíno buscava, acima de tudo, a verdade em suas obras e interpretações. Acreditava que o ator deveria se perder no personagem até que os dois fossem indistinguíveis entre si. Sua busca pelo realismo, contudo, sempre esbarrava nos limites cênicos: na queda do proscênio, na maquiagem, na artificialidade do cenário, nos cochichos dos *foyers* e no terrível ponto-final que eram as cortinas fechadas. Abominava todos aqueles elementos falsos.

Bem-afortunado e abastado, o homem gastou toda a sua herança na construção de um novo município no meio da Bahia, local que serviria como palco para obras de fato reais. Chamou-o de Dionésia, uma homenagem ao deus grego, patrono da mais boêmia das artes. Casas e ruas foram erguidas e construídas com o propósito de servirem de cenário para seu texto mais ousado, uma reimaginação de *Édipo Rei*, de Sófocles, ambientado no agreste baiano, que ele chamou de *Édipo, meu rei*.

O espetáculo provocou um imenso rebuliço em sua primeira temporada. A duração, por si só, já era motivo de espanto e debate: sete dias — com atores e público dormindo, acordando e comendo durante toda a ação. Como se isso não bastasse, Genuíno chocou a todos ao contracenar em cenas românticas com a própria mãe, atriz que ele mesmo escalou para o papel de Jocasta.

O nível de comprometimento e de atenção aos detalhes rendeu grande fama ao espetáculo, provocando um imenso fluxo de espectadores, que o dramaturgo passou a chamar de turistas.

Genuíno, no entanto, seguia insatisfeito. Havia solucionado o problema da fisicalidade do palco, mas a atuação ainda era repleta de falsidades. Para ser realmente genuína, a interpretação deveria ser única: um papel por ator pela duração de sua vida.

Apresentou-se, naquele momento, um dilema um tanto quanto freudiano. Quem, em sã consciência, escolheria viver como Édipo pelo resto da vida? Genuíno estava preparado para muitos sacrifícios em nome da arte, mas dormir com a mãe e arrancar os próprios olhos parecia um pouco demais. A solução foi simples: viveria um personagem original, criado por ele mesmo, sem falas preestabelecidas e sem um arco dramático tão trágico. Deu a si mesmo o papel de prefeito, convocando outros atores a viver padeiros, banqueiros, professores, encanadores e tantos outros papéis que uma cidade requer para ser encenada.

Dionésia virou um espetáculo sem espetáculo.

A trupe no fundo do trem das sete era formada por atores recém-graduados que buscavam a chance de estrelar grandes papéis. Sílvia, a moça de sorriso largo, revelou a Mané que desejava atuar nos escritórios da cidade, servindo a comunidade no papel de advogada.

— E tu, que papel tentarás pegar? — perguntou ela.

— Não sei, não sou ator.

— Se ainda não és, em breve serás. Todos que pisam em Dionésia são atores.

— Bem, como escolheste o teu papel?

— Procurei aquele que tivesse um bom cachê.

Mané suspirou. Não tinha a menor inclinação para ser ator.

— E poeta? — perguntou Mané.

— Não sei, não. Certamente terás boas falas, darás até algumas risadas, mas não é o tipo de papel que eu recomendaria. Pouco *cash* no *casting* artístico.

— A única coisa que sei fazer é poesia — respondeu Mané, mesmo não entendendo muito bem o que a moça dissera. — E ainda assim, há tempos que não escrevo uma.

— Bem, escolhas bem o teu papel. Um para toda a vida.

Capítulo 15
De como nosso herói voltou a ser poeta

O que separava Dionésia de outras cidades baianas eram os desejos lá encontrados. No refluxo da arte se corrompendo para caber nos moldes da realidade, algo curioso acontecia: havia uma honestidade saliente nos desejos, uma transparência encontrada apenas nas quartas paredes. O fingimento deixou de ser visto como fingimento, e, consequentemente, o fingimento passou a ser visto como honestidade.

A arte se apertou todinha dentro de uma imensa caixa. Vejamos, por exemplo, os pequenos pedaços de papel que os atores de Dionésia trocavam durante as cenas de escambo: nada mais do que adereços sem grande valor real. Contudo, na busca por mimetizar a vivência moderna, até mesmo pedaços de papel precisavam ser atores, assumindo um personagem e uma máscara, e assim, de repente, os pedaços de papel ganharam um pseudônimo, cédula, e passaram a valer mais do que uma alma.

De todas as cidades que Mané visitou em seu tempo no mundo novo, Dionésia era, sem dúvidas, a mais geringonçada. Todos andavam com apetrechos nas mãos, filmando e documentando as performances que lhes sustentavam. Ao terem as câmeras voltadas para si, fosse andando ou comendo, os atores podiam se sentir protagonistas do espetáculo criado por Genuíno Fidedigno Veras, promovendo narrativas com seus sorrisos.

Todos queriam vender o melhor de suas atuações.

Mané perambulou pela cidade em busca de uma personagem para si. O único papel que lhe interessava era o de poeta, mas não parecia haver demanda para tal ofício em Dionésia.

Sobrou-lhe apenas o papel de figurante.

Vagou até as pernas cansarem. Encontrou um banco de praça e lá se sentou. Descansou as costas e sentiu os músculos derreterem. Desmanchou-se, mesmo permanecendo inteiro. Lembrou-se do velho de Semiose e da ideia por trás do nome que lhe deram. Há meses, tudo que fazia era andar, andar e andar. Sonhava com um ponto fixo para chamar de seu, mas o chão vivia a correr sob seus pés.

Fechou os olhos e pensou no motivo que o fazia persistir naquela andança toda.

Redenção.

— Cansado, amigo?

Sentado ao lado de Mané, um palhaço lustrava seu gigante sapato vermelho. Estava todo caracterizado, cara pintada de branco, uma bolota vermelha no nariz, suspensórios folgados e um cabelo propositalmente despenteado.

— Muito.
— Sei como é. Novo na cidade? Nunca te vi por aqui.
— Recém-chegado.
— Já escolheste teu papel?
— Ainda não.
— Tens portfólio?
— Não. Nunca atuei antes.
— És, então, um homem perdido. Sem portfólio, não acharás um papel digno em Dionésia. Aqui, para ser alguém, alguém que se preze e se escute, tens que apresentar atestado.
— Atestado de quê?
— Atestado de que és alguém que merece ser prezado e escutado.
— Bem, ser um homem perdido parece ser minha sina. Já me acostumei.
— É, esqueça os papéis mais procurados: nada de doutor, nada de engenheiro, nada de advogado. Essas cartas são marcadas para quem tem certificado. E ainda tem papel restrito a certas famílias, coisa de quem nasce com o nome certo.
— Então lascou-se mesmo, pois ninguém me chama pelo meu nome. Nem documento de nascença eu tenho.
— Curioso. Mas aqui todos precisam de um papel para assumir.
— Quero ser nada disso, não. A única coisa que sei fazer é poesia.

O palhaço descansou o sapato nos joelhos e encarou Mané.

— És, então, um homem que se achou. Artistas não precisam de portfólio.

— Não? — perguntou Mané.

— Não.

— Posso ser artista, então.

— Poder, pode. Arte é arte, independentemente de qualidade ou estudo ou venda. És livre para ser artista, mas aviso logo: em Dionésia, o povo não costuma escutar quem faz arte.

— Por quê?

— Boa pergunta. — O palhaço voltou a lustrar seu imenso sapato vermelho. — Vai ver é porque os artistas trabalham a verdade através da mentira, e aqui as pessoas só se interessam pelo real.

— Não há arte aqui, então?

— Engraçado, não é? A cidade toda é um palco, todos são atores, mas não há artesania. É isso que acontece quando a arte aspira ser realidade, quando ela aceita os limites do concreto. Essa vida assim, sem graça, tão parnasiana.

— Mas tu és um palhaço, correto?

— Com orgulho.

— És artista...

— Sim, senhor.

— Então tens algo.

— Tenho minha miséria para compartilhar.

— Tens um nome, além disso, suponho.

— Severino.

— Prazer, eu sou Mané.

Os dois conversaram até que a Lua se apresentou. O frio serpenteou por entre as vielas da cidade, apeçonhando a pele até causar tremedeira, e Severino, notando o triste estado de Mané, convidou-o até seu apartamento. A caminhada foi longa, mas, apesar do clima desfavorável, a companhia era boa e a prosa, melhor ainda. Conversaram sobre as voltas que os rios dão quando são intimidados por montanhas, e sobre os pequenos soluços de aurora que os vaga-lumes carregam em seus buchos.

Severino morava no final de uma rua escura e afastada do centro. O apartamento era um pequeno quarto e sala no oitavo andar de um prédio velho e abandonado, cujo elevador sofria de um terrível caso de bruxismo. Após apresentar o lar e suas dependências, Severino entregou uma toalha limpa a Mané e deixou que seu hóspede tomasse o primeiro banho em Deus sabe quanto tempo. A água escorreu pelo corpo do nosso herói feito um chamego quente, tirando toda a sujeira incrustada, além de algumas cicatrizes também.

Com roupas limpas e cheirosas, os dois tomaram duas xícaras de café enquanto vislumbravam o palco montado logo abaixo deles.

— Obrigado. Estou andando há meses. Fazia tempo que não me sentia gente.

— A estrada tem disso. Pessoa vira vento, indo e indo sem muito propósito a não ser seguir.

— É. Tem hora que nem sei por que persisto. Não sei por

que olho para o horizonte como se ele fosse promessa boa.

— Porque és um otimista. Um poeta otimista, o pior tipo de artista que há. Sofredor em todas as instâncias.

O sorriso daquele palhaço fracionava os segundos, e o relógio não mais fazia *tique* e *taque*, mas sim *tique*, *tique*, *tique* e só depois de um longo suspiro seguia com *taque*, *taque*, *taque*.

— Isso eu sou.

— Um poema, então, meu caro.

— Faz muito tempo que não escrevo. Não me lembro de nenhum de cabeça.

— Olha para o céu e vê quem te encara. Ofenderias a Lua com um poema já usado? Algo novo, de momento, homem.

— Assim, criado aqui e agora?

— Exatamente. Deixa vir o que precisa vir.

Mané sorriu, respirou fundo e se lembrou do barqueiro:

No topo daquele monte há um outro eu que me aguarda.
Os pés fixos nas alturas, e os olhos longos, longuíssimos,
enxergam mais horizonte que os meus.
Para chegar naquele eu,
eu preciso ficar tão perto, mas tão perto,
que não nos restaria outra opção
a não ser nos tornarmos uma coisa só.
Mas, antes dessa alquimia,
eu preciso primeiro escalar aquele monte;
aquele monte de disfarces lisos.

Cravei as unhas na terra,
puxei o corpo para cima,
pulei alguns abismos
e gritei eco para ouvir o ego.
Cheguei no topo daquele monte
e não havia mais ninguém lá.
Apenas eu, eu e meus olhos longos, longuíssimos.
Aliás, não.
Compreendo melhor agora.
Eu não estava só.
No pé daquele monte
havia um outro eu que ansiava me conhecer.

— Bonito — disse Severino.
— A companhia ajuda — respondeu Mané.
— Então, o que achaste da nossa cidade?
— Falsa e limitada. Dionésia é agonia de camaleão.
— Agonia de camaleão?
— Sim.
— És um poeta o tempo inteiro mesmo.

Capítulo 16
De como nosso herói rasgou o casulo

Severino ajudou Mané a encontrar algum senso de estabilidade e de paz, convidando-o a dormir em seu sofá pelo tempo que precisasse. Levou-o, também, para conhecer outros artistas de Dionésia. Além de palhaços, apresentou-o a malabaristas de sinal, estátuas humanas, caricaturistas e até outros poetas. O grupo se reunia toda sexta-feira num barzinho chamado Boca do Inferno, e lá compartilhava doses de cachaça e lamúrias.

— Então, Mané, o que é que tu procuras? — perguntou um dos malabaristas enquanto equilibrava um copo na ponta do nariz.

— Redenção.

— Dizem que Redenção não se acha — respondeu Severino.

— Não? — perguntou Mané.

— A cidade está em eterna romaria. Ela pode estar ao nosso lado agora! — O palhaço, que estava mais pra lá do que pra cá, fingiu tentar segurar algo no ar, então olhou para as mãos vazias e riu.

— Isso também quer dizer que ela pode estar em qualquer ponto do horizonte — disse um dos caricaturistas. — Redenção é bússola indecisa, meu jovem. Tem dia que o Norte está pra lá, tem dia que o Norte está pra cá e tem dia que o Norte fica na direção que o nosso dedo não aponta. Tolice procurar Redenção.

— Somos artistas, meu amigo! Sou palhaço. Tu desenhas pessoas na rua. Este daqui enfileira palavras. Já aceitamos o papel de tolo faz é tempo.

Severino levantou o copo num brinde cheio de respingos.

— Vivemos de ideias tolas! — Alguém gritou na outra ponta da mesa.

— Um viva aos planos tolos! — Outra voz exclamou.

Ao escutar toda a comoção dos artistas de Dionésia, Mané sentiu algo rebulindo no bucho. Um formigamento que o levou a gritar:

— Nós devíamos montar um espetáculo!

O absurdo por trás daquela proposta calou a todos.

— Já são todos atores aqui, meu jovem. Estamos no palco neste instante. O espetáculo é isto — um velho palhaço, sentado ao lado de Severino, matou o silêncio.

— Atores que não aceitam a arte — retrucou Mané. — Se eles clamam que este triste estado em que vivemos é arte, é porque então eles nos roubaram a palavra. Mas ainda temos a ideia. — Novamente, ele se lembrou do velho de

Semiose. — Somos falseadores e não servos da realidade. Escrever é sempre um ato de traição! É pensar o cachimbo, desenhá-lo, mas jamais sê-lo. Grito nenhum tem cor de Munch, e não há Kahlo que brote em mãos brutas. Aquilo que cabe na moldura é sempre devaneio, só a carne aguenta o peso da solidão. Eis a verdade sobre o que já foi escrito: perdemos tudo na tradução.

— O garoto é retado! — gritou um cartunista.

— E não é que é? — Severino concordou, seu rosto cortado por um sorriso besta. É verdade que estava embriagado, mas a cachaça tinha pouca culpa nisso.

O dia morreu de preguiça, e o firmamento noturno, esse eterno vagabundo em luto, vestiu-se de preto mais uma vez. A Lua era um olho desgarrado testemunhando o bando de ébrios, que agora caminhavam por umas das praças de Dionésia. Estavam todos contagiados pelo plano de Mané. Construir um espetáculo dentro de um espetáculo era o tipo de redundância lírica que acalentava a alma daqueles perdedores, um ato de transgressão que só quem faz arte conhece.

Os poetas ficaram encarregados de preparar o texto e as músicas, os malabaristas fariam as coreografias, os cartunistas e os caricaturistas, o figurino, e os palhaços seriam os atores. Ocupariam aquela mesma praça e fariam sua arte ao ar livre, para quem desejasse apreciá-la. Mané encontrou seu campo de batalha, provando certo o coronel Ângelo Carlos Mineiro. Vencer a página em branco é sempre um ato de rebeldia, e era tempo de revolução.

Mané e Severino voltaram ao pequeno apartamento no fim de uma rua escura e afastada do centro. Seus espíritos entorpecidos, ansiosos pela oportunidade de resgatar o fantástico perdido no meio do concreto. Mané se sentou na varanda e começou a escrever. Um rio inteiro de ideais escorria pelas pontas de seus dedos, que tentavam apenas acompanhar a correnteza da criação, lutando contra uma força que parecia maior que ele mesmo.

Chamou aquele estado de *estrose*.

Estrose
estrose | n. f.
es·tro·se | ó |
(estro + -ose)
substantivo feminino

1. Um afogamento de ideias; inspiração demasiada, rápida demais para que a mão acompanhe a escrita.
2. Agonia que artistas passam quando não conseguem parar de criar.

Severino se serviu de uma xícara de café, colocou a mão sobre os ombros de Mané e se debruçou para ler o que ele havia escrito até o momento. Ao sentir o toque, o bucho do nosso herói borbulhou.

— *Somos todos piões*. Que bonito — disse Severino.
— Obrigado.

— Mas eu sinto que falta algo. Essa frase aparece no momento mais tenso da peça. Se fosse poesia, talvez bastasse, mas este é, querendo ou não, um grito de independência.

Mané parou, pensou e escreveu.

— Que tal: *Somos todos piões. Eles nos dão corda, nos cospem ao chão, e não temos outro destino a não ser girar e girar e girar no mesmo lugar, apenas esperando a gravidade nos vencer.*

— Bem melhor.

— Obrigado. — Mané sorriu.

— Vamos falar muitas verdades através da mentira.

— Sim.

Severino agora segurava a caneca com ambas as mãos, usando a bebida para esquentar o corpo. Mas havia mais coisas aquecendo aquele momento.

— Redenção te protegeu das coisas, não foi?

Mané não entendeu a pergunta e botou a caneta para descansar um pouco.

— Como assim?

— Eu não quero tirar de tu o fogo que vejo em teus olhos; ele também, de certa forma, queima em mim, mas devo te alertar sobre o que nós vamos fazer.

— Arte.

— Sim. E não há nada mais perigoso que a arte com propósito, Mané. Esta escola de interpretação que reina no palco de Dionésia não é assim à toa. Ela tem um propósito. É um projeto. As pessoas gostam de uma ordem, mesmo que venha com cabresto. Arte que tira a pessoa de dentro da caverna e mostra a chama da ilusão... Tem gente que não quer ver isso acontecer.

— Elas não vão gostar da nossa apresentação?

— Elas vão odiar. Vão odiar porque vamos revelar coisas escondidas, coisas que elas mesmas escolheram ignorar. Palavra, quando acesa, não queima em vão.

— Eu não quero perder... isto.

Mané finalmente havia encontrado algo precioso em sua caminhada. O chão, finalmente, depois de tanto tempo, estava quieto.

— Te prepara para perder, Mané. O artista faz isso mais do que qualquer outra coisa. Temos muito mais rascunho do que arte.

Os olhos de Severino e Mané se encontraram, e o resto do mundo os acompanhou em silêncio. Ninguém nasceu, ninguém morreu, ninguém chorou ou sequer cochichou; um momento inteiramente dedicado ao palhaço e ao poeta. Os botões, desabotoados e atordoados, perderam a costura e a compostura. Travesseiros se despiram das fronhas, roupas foram esquecidas no chão, braços se abraçaram e bocas murmuraram.

Nos lençóis macios, amantessidão.

E amantes se deram.

Capítulo 17
De como nosso herói começou uma revolução

O *Tratado geral das incompletudes*, o espetáculo em cartaz naquele teatro chamado Dionésia, começou sem terceiro sinal ou abertura de cortinas. A arte esforçou-se tanto em ser real que perdeu as margens, as molduras, as lombadas, os enquadramentos e o chão. Mas aquele não seria mais um dia como qualquer outro em Dionésia; a cidade teria sua primeira apresentação teatral desde *Édipo, meu rei*. Os palhaços decoraram suas falas, os malabaristas ensaiaram suas rotinas, os cartunistas ajudaram no figurino e os poetas mal podiam esperar a chance de testemunhar suas palavras ganhando vida.

Aproveitaram o horário do almoço, quando a praça ficava mais movimentada, para começar o espetáculo. Severino, o narrador, escalou a estátua erguida no meio do largo, construída em homenagem ao dramaturgo Genuíno Fidedigno Veras, e gritou:

— Amigos e amigas, colegas e inimigos, escutem com atenção a história que iremos contar! Que ópera absurda esta para a qual me convidaram. O tenor foi obrigado a cantar como soprano, enquanto o soprano desenha a luz. O contrarregra, contrariando as regras, dirige, enquanto o maestro se desfaz costurando figurinos. No trombone, a camareira faz o melhor com o ar de seus pulmões. Mas que absurda essa ópera em que me colocaram.

Em pouco tempo, uma multidão se aglomerou: pessoas curiosas para compreender o porquê de toda aquela gritaria. No centro da comoção estavam as palavras e o corpo e a luz e o tecido e tudo aquilo que torna o teatro o último bastião dos loucos e a mais efêmera das artes.

Antes do início do segundo ato, quando a trama da peça estava apertando os nós, o público, indignado com o ultraje que testemunhava, começou a tumultuar a apresentação, vaiando e xingando os realizadores. Alguns até lançaram objetos contra os palhaços. Quando a ameaça parecia ser maior que a vontade de encenar, Mané subiu na mesma estátua que Severino e proclamou:

— Eu compreendo o medo de vocês! Vocês acham que a nossa arte é uma afronta, e talvez seja. Mas quanto tempo podemos seguir sem confrontar nossas certezas? Me parece tolice aceitar que as mesmas regras de ontem ditem como viver o hoje. O que é que estamos conservando quando replicamos a arte de nossos pais? Apenas respiramos um tempo gasto.

Tudo que Mané queria era acalmar o público, mas suas palavras foram mais como labaredas lançadas sobre palha seca, e a violência tomou corpo. O público batia nos artistas pela ousadia de serem diferentes; e os artistas revidavam na esperança de serem ouvidos.

No meio do tumulto, Mané encarou Severino e sentiu o bucho entrar em colisão. Os olhos do nosso herói sempre o traíram. Eram janelas escancaradas, deixando tudo que era luz penetrá-las. Nenhum segredo ficava muito tempo guardado. Uma torrente de borboletas amarelas subiu pela garganta de Mané, preenchendo a praça com uma nuvem dourada, volumosa e viva. As asas dos insetos acariciavam os olhos dos homens e das mulheres presentes, revelando coisas que antes passavam despercebidas.

E, com isso, o tumulto passou a ser de outra ordem. Brigavam pela própria vida.

Mané caminhou até Severino, e Severino caminhou até Mané.

Estavam no olho de um furacão amarelo, juntos, lábios colados, braços que davam a volta no mundo inteiro. Em suas andanças, Mané descobriu que para compreender o silêncio da Lua você primeiro precisa escutar a solidão das cigarras, e que medo nenhum segura o soluço de um vaga-lume. Criar é olhar para trás, caminhando para frente, seguindo em direção ao abismo e acreditando que o chão estará lá. O nada jamais existiu. Sempre houve algo. Todas as estradas e todas as pedras no caminho o levaram até aquele momento. Uma vírgula a menos e o poema seria outro, pois, o infinito, para ser infinito, depende de todas as insignificâncias.

Correram de volta ao apartamento e se surpreenderam com o que viram no caminho. As ruas estavam ocupadas e pulsavam com novas promessas. As borboletas amarelas invadiam as casas e os apartamentos da cidade, levando os demais atores de Dionésia a questionar os papéis aos quais se viam submetidos. E como o alvoroço não agradava a todos, os atores mais bem remunerados, aqueles que estavam contentes com a distribuição de papéis, logo trataram de impor suas vozes também.

Uma vez estabelecidas as oportunidades, o confronto se tornou inevitável.

Severino pegou tudo que tinha e colocou numa mala. Passara muito tempo no mesmo palco, usando o mesmo figurino, repetindo as mesmas falas. Estava farto daquela cidade e estava disposto a persistir ao lado de Mané em busca de Redenção. Não que o palhaço desejasse encontrar a cidade da Bruxa, pouco se importava com a promessa atrás do horizonte, mas estava certo de que deixar Dionésia era o melhor dos planos. Não havia mais nada ali a não ser uma coleção de calendários usados.

De mãos dadas, os dois atravessaram as ruas, agora tomadas por protestos de ambas as partes. A gritaria e a confusão estavam instauradas e tudo era belo e feio ao mesmo tempo.

O tempo de atuar havia passado. A verdade é que o teatro precisa de cortinas fechadas, e tem circo que precisa pegar fogo.

Capítulo 18
De como nosso herói conheceu o engarrafamento

Era perto da meia-noite quando Mané e Severino decidiram pegar o ônibus que partia em direção à capital. Para além da janela do veículo, tudo aquilo que não era tocado pela luz do lotação era coberto por uma camada de betume. Sabiam que o resto do mundo continuava lá, todas as montanhas, todos os rios, todas as construções, todos os vencedores e todos os perdedores, entretanto era como se todas essas coisas não existissem mais, e apenas a ideia de sua existência persistisse. O asfalto corria logo abaixo deles, e o veículo tremia com as irregularidades da pista. Mané lembrou de sua breve experiência navegando pelo Velho Chico e pensou em como a água era muito mais caridosa com seus passageiros. O rio não deixava rastros, é verdade, mas ele sempre abraçava quem ousava vencê-lo.

Apesar da expectativa de conhecer a capital, havia um nervosismo arrastado na respiração de Mané: sentia-se como uma bala disparada, apenas seguindo a vontade da explosão inicial. Severino tentou acalmá-lo, convidando-o a encostar a cabeça em seu ombro. Mané inspirou fundo, esticando os pulmões até o limite, depois soltou tudo como se fosse balão sem nó. Repetiu o processo algumas vezes e pegou no sono sem perceber.

Acordou com uma estranha sensação de estagnação. Ao abrir os olhos, viu a manhã se esparramar pelo horizonte tal qual ovo estralando na frigideira quente. Severino estava na poltrona ao lado, dormindo também. Mané sorriu ao perceber que as mãos dos dois sonharam apertadas.

Tudo estava estagnado, dentro e fora do ônibus, e o ar castigava a pele com um bafo quente. Mané se levantou, esticou o pescoço e constatou que na verdade o veículo estava parado, e até o motor tinha sido desligado. Andou até a cabine e compreendeu o porquê: um tapete cromado e multicolorido se estendia à sua frente até sumir na dobra que marca o fim das vistas.

— Aconteceu alguma coisa? — perguntou Mané ao motorista.

— Engarrafamento — ele respondeu.

Mané voltou ao seu assento e esperou Severino acordar. Após relatar o que havia visto, os dois dividiram um pacote de biscoito a título de desjejum. Salvador era para eles um falso norte, uma trilha que só acalentava a alma por dar um propósito aos pés. Redenção, o verdadeiro destino, era alvo invisível e móvel, tão distante quanto a ideia de adentrar o paraíso.

Quando o Sol passou a ser uma coroa num reino azul e sem nuvens, o calor dentro do ônibus se tornou insuportável. Todos, incluindo o motorista, desceram do veículo, tentando compreender o que se passava na estrada. Indignados, lançaram ao ar suas frustrações, como se o vento fosse responsável ou capaz de solucionar alguma coisa.

O crepúsculo chegou devagar, o silêncio zuniu, e Mané e Severino ainda estavam no mesmo lugar onde haviam acordado.

Com a chegada da noite, as pessoas se sentiram encorajadas a esticar um pouco as pernas e aproveitar o ar fresco. Severino puxou uma das toalhas de dentro da mala e a estendeu sobre o asfalto. Mané o acompanhou e os dois começaram a contar estrelas.

Um dos passageiros, um homem de terno e gravata, sentou-se ao lado dos dois. Olhava de tempos em tempos para o relógio em seu pulso. Falava sem pausas, em um solilóquio afoito, um vômito de palavras. Estava preocupado com uma reunião importantíssima que aconteceria em alguns dias, lá na capital, e lamentava todo aquele atraso, que certamente arruinaria seus planos. Sua roupa era no mínimo dois números menor que o ideal. A gravata tinha índole de serpente, apertando-lhe o pescoço, deixando que dobras de pele e gordura se avolumassem sobre a gola da camisa. Parecia comprimido no próprio ser, um caranguejo cujas entranhas desejavam escapar do próprio casco.

Antes da meia-noite, o estranho chorou. Disse que a reunião já era e que não havia mais nada a fazer. Severino questionou a afobação, já que o engravatado havia dito que a reunião aconteceria em alguns dias; a estrada poderia estar livre até lá. O homem pouco se importou, continuou chorando.

—Olhesóessahoraeunãoacreditoqueessemalditoengarrafamentovaiestragarcompletamenteaminhavida.Tutensnoçãodequantotempoeudediqueiaesseprojeto?Sãoanose anoseanosdeminhavidaindoparaoralo.

Foi quando Mané percebeu que o tempo, tal qual uma sirena, seduzia suas vítimas através da canção. Era no *tique* e no *taque* que os segundos enganavam os ouvidos humanos, encantando os desatentos ao emular o som de um coração pulsante. Uma vez encantados pelas onomatopeias do relógio, era o aparelho, então, quem ditava o ritmo da dança que todos dançariam.

A questão é que nem todo relógio canta igual.

Capítulo 19
De como nosso herói viu uma cidade nascer

algo de perturbador numa estrada estagnada. O grande tapete de concreto é estendido para ser vencido, e a alma humana não sustenta a ideia de encará-lo sem desafiá-lo. O corpo urge e as pernas coçam. Mas aquele amanhecer revelou que o ontem e o hoje eram indiscerníveis aos olhos, já que o engarrafamento persistia. Assombrados pela robustez daquela paralisação, Severino e Mané caminharam um pouco pelas redondezas, atrás de algo que explicasse a situação. Encontraram veículos, motoristas e passageiros, mas ninguém sabia explicar o motivo daquele caos.

Sem resposta, logo voltaram.

O motorista do ônibus abriu o bagageiro do coletivo, onde estavam as malas, retirou fardos de água mineral e montou uma barraquinha para distribuir as garrafas. As crianças dos carros mais próximos foram agrupadas e passaram o dia brincando debaixo de alguns cajueiros.

A dona de um daqueles carros mais largos, do tipo que atravessa qualquer terreno, tirou uma churrasqueira do porta-malas, e um almoço coletivo foi preparado.

Na segunda noite, Mané e Severino montaram uma apresentação para os companheiros estagnados, que largaram seus respectivos veículos e se sentaram em volta dos artistas. Quando a apresentação terminou, homens, mulheres e crianças compartilharam o mesmo céu estrelado.

A manhã seguinte foi igual, com algumas pequenas alterações. Uma das passageiras do ônibus era professora, e passou o dia ensinando as crianças sobre a fome das plantas, e como elas mordiscavam os dedos invisíveis do Sol. Os mais aventureiros foram até o rio encher as garrafas de água, lavar as roupas sujas e, quem sabe, pescar alguma coisa.

Alguns veículos adiante, uma mulher aproveitou que tinha gasolina de sobra e usou o conforto do seu ar-condicionado para seduzir possíveis apoiadores. Como muitos estavam descontentes com aquela bagunça geral, ela julgou ser a pessoa perfeita para administrar a confusão instaurada. O plano deu certo, e muitos motoristas se viram inclinados a alçá-la a uma posição de poder.

O ônibus que conduzia Mané e Severino também mudou. O motorista passou a vender as garrafas de água e começou a cobrar aluguel pelos assentos, o que esvaziou os bolsos de muitos. Os preços inflacionavam dependendo do horário do dia: os assentos mais castigados pelo Sol eram os mais baratos, ao passo que, durante a noite, os valores duplicavam.

Aqueles que não podiam arcar com os custos, o que incluía Mané e Severino, viram-se sem um automóvel para chamar de lar. Em pouco tempo, os proprietários de veículos passaram a evitar os desmotorizados, e quando Mané tentava explicar o ocorrido, que haviam sido expulsos do ônibus, as pessoas sempre respondiam a mesma coisa: "Que pena, mas eu não tenho culpa."

— Mas tu tens culpa também. Todos que estão aqui fazem parte do engarrafamento, assim como eu. Tu também fazes parte do mar de carros que impede o fluxo. Minha estagnação é também a tua. Todo mundo é um pouco culpado aqui!

Foi o que Severino respondeu certa vez, mas ninguém lhe deu ouvidos.

Sem um veículo próprio, não havia espaço para Mané e Severino naquele engarrafamento em forma de cidade. Decidiram então vencer a estrada com a força dos pés.

No caminho, viram como as coisas haviam progredido bastante; testemunharam uma fila de doentes que crescia atrás de uma ambulância, encontraram uma van que funcionava como escola particular, um carro de luxo que servia como escritório de advocacia e, acredite, até um condomínio exclusivo eles acharam, na forma de um caminhão-cegonha, repleto de veículos novos.

As buzinas, que arderam durante as primeiras horas do engarrafamento, estavam todas empoeiradas, e uma nova norma fora estabelecida e aceita. Em pouco tempo, as pessoas deixaram de reclamar do aperto ou do preço da gasolina.

Após três dias de caminhada, Mané e Severino encontraram um senhor de barba branca e olhos de garoa. Ele estava sentado no asfalto, escorado na lateral de um carro, fumando seu cachimbo. Perguntaram se estava bem, e ele respondeu que sim. Questionaram sua postura e os olhos que ameaçavam virar chuva, e o senhor respondeu que engarrafamentos são particularmente cruéis com os velhos. Depois de tanto trabalhar, era esse restinho de tempo que ele tinha para ver o mundo, mas lá estava ele, um prisioneiro ao ar livre. Convidaram o senhor a acompanhá-los na caminhada, mas ele respondeu que as pernas não tinham mais força para isso.

— A desistência fez morada em mim. Homem, quando não prende algo na gaiola, trata de cortar as asas — ele respondeu.

Mané e Severino seguiram pela estrada. Subiram vales e atravessaram pontes de engarrafamento. Viram bebês nascendo e velhos sendo enterrados. Viram farras, brigas e retrovisores de veículos sendo arrancados, pois de nada adiantava olhar para trás quando não se anda para a frente.

A cena, contudo, que realmente os espantou foi o fim — ou o começo — do engarrafamento. Alguns carros abandonados eram a origem de toda a estagnação. Ali, diante deles, a estrada estava livre e em perfeitas condições. Mané pensou em voltar e avisar o que havia descoberto, que bastava empurrar meia dúzia de veículos e cada um poderia seguir seu rumo. Severino, no entanto, o deteve.

— Se eles quisessem mesmo saber o motivo do engarrafamento, teriam vindo até aqui também. O que eles buscam não é solução, Mané. O que eles querem é que o problema seja do outro.

Capítulo 20
De como nosso herói ficou preso num infinito

Entre o engarrafamento e a capital, Mané e Severino se perderam num pequeno município chamado Lemniscata. Construída na forma de um oito perfeito, Lemniscata era uma cidade palíndromo: independentemente de onde a pessoa chegava, ela já estava na saída. E o que parece ser a descrição de uma passagem curta, na realidade é a descrição perfeita de como a infinitude cabe dentro de coisas bem pequenas.

Os prédios em Lemniscata eram em forma de arco, que de longe pareciam ferraduras gigantescas cravadas na terra. Tal padrão arquitetônico, desenvolvido pela engenheira Hanna Reinier, apesar de belo, causava certa confusão entre os moradores, que viviam a debater quem era o privilegiado que morava na cobertura e quem era o azarado que morava no térreo. Sortudos mesmo eram aqueles que viviam no meio do caminho, esses tinham a melhor vista.

A disposição palindrômica também era encontrada nas artes produzidas na cidade, todas inspiradas pela escola rorschachiana de ilustração: tudo parecia um teste psicológico.

Com tantos padrões simétricos, a vida lá não podia ser diferente: os velhos, ao se aposentarem, voltavam para as escolas-asilos, revivendo, com um pouco mais de sabedoria, os dramas de uma adolescência realmente tardia. E talvez nada representasse tão bem a natureza metodicamente harmoniosa de Lemniscata como os cemitérios-maternidades, com berços que viravam lápides ao fim de uma vida vivida.

À primeira vista, andar por Lemniscata era agradável, graças, em grande parte, aos padrões perfeitamente simétricos que se esparramavam pela cidade, uma espécie de cafuné para os olhos. Contudo, após a primeira volta, a sensação de *déjà-vu* era frequente a ponto de causar náuseas. E de nada adiantava dar meia-volta, pois o turista era acometido pela sensação de *uv-ájèd*.

Após oito voltas, todas perfeitamente idênticas, Mané e Severino se sentaram na grama e passaram a planejar o que fariam da vida naquela cidade que aparentemente não tinha saída. Sem um tostão no bolso para arcar com as demandas do bucho, Severino se vestiu de palhaço e montou uma apresentação, o que lhe rendeu algumas moedas. Foi o suficiente para comprar um pão com mortadela e um cafezinho, que os dois dividiram. Na padaria, ficaram sabendo de um abrigo que acolhia moradores de rua.

Dormiram em camas separadas, mas ao menos dormiram cobertos.

No segundo dia, enquanto Severino apresentava suas palhaçadas, Mané aproveitou o tempo ocioso para escrever algumas poesias num caderno velho que seu namorado trouxera na mala. Teve a ideia de vender sua arte, o que acabou gerando um pequeno amontoado de capital, o bastante para encher o bucho e ainda sobrar um pouco para o próximo dia.

No dia seguinte, vendeu o dobro, e no posterior, quatro vezes mais. O segredo do sucesso era simples: Mané passou a escrever poesias em palíndromos, o que muito agradou aos lemniscatenses.

Ame o poema,
amada dama.
O teu drama é amar dueto.
E assim a missa é:
Rir, reler, rir.
E assim a missa é.
O teu drama é amar dueto,
amada dama.
Ame o poema.

Graças à sua caligrafia impecável e ao esmero em suas palavras, Mané passou a vender poesias pela cidade, e chegou a ser convidado por uma editora local a escrever um livro inteiro em palíndromos. Com o valor que recebeu como adiantamento pela obra, ele e Severino puderam alugar um apartamento, no prédio Zé de Lima, rua Laura, mil e dez. Lá, gozaram de uma vida de pequenos luxos e regalias, como banho quente e uma rede na varanda.

Escrever um livro em palíndromos, no entanto, se provou uma tarefa complicada. Mané tinha que planejar o começo e o final ao mesmo tempo, sendo iguais, porém invertidos. Era como caminhar já pensando no último passo. A restrição exigia que ele aceitasse o melhor possível, e não o melhor imaginado, duas ideias próximas, mas completamente diferentes. Penou sobre a cadeira da sala por dois anos. Criou raízes no tempo de escrita, chegando a ser mais árvore que homem. Não fosse a insistência de Severino, que o forçava a parar para observar a cadência das lagartixas e a paciência das aranhas, teria se perdido no infinito que era escrever um livro de ideias e letras espelhadas.

A labuta, porém, custou o preço de uma mão que não conseguia mais escrever, a coluna torta e os olhos gastos. Tinha escrito um livro, e tê-lo em mãos era o mesmo que segurar o próprio coração. Deu à obra um título bonito, daqueles que dão orgulho: *reverta o breve verbo atrever*.

O lançamento seria em uma das principais livrarias de Lemniscata. O editor afirmou que os artistas mais influentes da cidade estariam presentes e que a festa seria o evento cultural do ano. Mané e Severino alugaram roupas pomposas para celebrar a ocasião, certos de que aquele seria o momento mais alegre de suas vidas.

Caminharam de mãos dadas e passos perdidos em direção à livraria, sem saber que aquela seria a última vez que fariam aquele percurso. Mané e Severino se viram diante de um espelho falhado. Por coincidência, ou pela simples troça do destino, em determinado capítulo de *reverta o breve verbo atrever,* Mané descreve que a cidade dos espelhos seria arrasada por ventos e desterrada da memória dos homens. E a vida tratou de copiar a arte. O infinito se desdobrou, virou zero, e os dois chegaram ao fim de Lemniscata. A cidade se desfez em uma aurora boreal, e tudo que tinham de memória daquele tempo era o manuscrito que nosso herói carregava.

O casal se entreolhou e riu.

Pertenciam à estrada mais uma vez.

Capítulo 21
De como Mané encontrou Mané

Lá pras bandas de Eunápolis, enquanto caminhava distraído, Mané tropeçou na própria sombra. Se estivesse em Boa Nova ou em Porto Seguro, a queda não traria grandes consequências, talvez um joelho ralado e um pouco de areia nos dentes, mas nomes carregam seus caprichos, e nosso herói acabou caindo no abismo que ele mesmo carregava. Atravessou um pavoroso redemoinho de poeira e escombros, furou poças de lama e conheceu a profundidade do umbigo que com as mãos ele mesmo cavou. O rio que cortava a paisagem brincou de ser céu, e o céu que cortava o firmamento brincou de ser rio também. Dois Sóis brilharam e dois Manés se encontraram.

Havia o eu e a ideia do eu.

Mané sacudiu a poeira das calças e procurou por Severino, mas encontrou apenas o outro, aquele que tinha seu rosto e sua pele, imitava seus movimentos, mas não era ele.

A estrada parecia ser a única coisa que restava.
Seguiu adiante.

Caminhar num mundo duplicado lhe deu uma vertigem terrível. O cenário parecia papel manchado de tinta que foi dobrado e depois desdobrado, o lado de cá era uma cópia exata do lado de lá. Nem Lemniscata conseguia ser tão simétrica. Os olhos se viam constantemente traídos, incapazes de olhar para a frente, sempre buscando, no canto das vistas, o outro Mané que o acompanhava. Algo curioso, contudo, chamou a sua atenção: o Mané refletido parecia não seguir as ordens ditadas pelos espelhos: vez ou outra, coçava o nariz um pouco atrasado ou espirrava fora de compasso.

— Tu és reflexo ou não? — perguntou o nosso Mané.

— Tu és reflexo ou não? — repetiu o outro Mané, como se fosse eco.

— Tu deverias fazer tudo igual a mim — disse, quase como uma ordem.

— Tu deverias fazer tudo igual a mim. — Parecia eco, mas era descabido.

— Tu me imitas atrasado.

— És tu que me imitas adiantado!

Era como se estivesse vendo a si mesmo num espelho falante e muito do teimoso. E Mané não gostou nada de ser confrontado de tal modo pelo outro Mané. Ignorou sua contraparte e seguiu adiante, sem perceber que, num mundo de miragens, caminhava também para trás.

— Vês! Começas a andar justamente quando penso em começar a andar! Volta ao tempo de espelho! Eu ordeno! — gritou o outro.

— Ah, cala essa boca! — Mané gritou de volta.

Os dois logo trataram de continuar a andança, ambos convictos de que eram o original, não o reflexo torto. Caminharam em silêncio até que duas Luas brilharam e cada estrela encontrou um par para dançar. E mesmo com toda a beleza repetida do mundo se apresentando para eles, os Manés continuavam andando de cabeça baixa, olhos mirando o chão, fazendo de tudo para ignorar o seu duplo. Entretanto, se há algo difícil de ignorar neste mundo é a ideia do eu.

— Ah, que saudade do meu Severino...

— Ah, que saudade do meu Jeremias...

Os dois falaram quase ao mesmo tempo.

— Jeremias?

— Jeremias é coisa do passado — respondeu Mané com desdém.

— Severino é o meu amor.

— Severino?

— Quem é Severino? — perguntou o outro, revoltado.

— Jeremias é o meu amor.

Um atropelava o outro, consequências de um diálogo que aspirava ser monólogo.

— Eu amei Jeremias, mas não sei se Jeremias chegou um dia a me amar.

— Deixa de ingratidão, homem! Cuspindo naquilo que um dia chamou de amor.

— Mas tem muito sentimento que gosta de se disfarçar, finge que é algo, mas não é. No caso de Jeremias não era amor; não verdadeiro. Era desespero e carência que faziam de tudo para usar máscara de amor.

— Agradeça por alguém como ele te amar.

— Alguém como ele? — perguntou Mané.

— É... alguém interessante, bonito, popular, bacana. Olha a tua sorte.

— Amor não é sorte, é competência. O encontro pode até ser obra do acaso, mas o resto é dedicação.

O outro riu.

— Esqueceste os encantos de Jeremias! O jeito que ele sorria ao ouvir meus poemas.

— Tu és um tolo.

— Talvez — disse o outro. — Mas sei o que é amor.

— Sabe nada. Severino é doce, carinhoso, atencioso, tudo que Jeremias jamais foi.

— Tu estás fugindo da solidão após perder Jeremias. Esse Severino aí nada mais é que uma fuga.

— É claro que tu dirias isso! — gritou Mané. — Olha só para o que tu és! Um fraco, um idiota, um tolo que aceitava migalhas de atenção e achava que aquilo era fartura. Um covarde carente.

— Olha só quem me chama de carente!

— Insinuas que sou carente?

— E não és?

— Claro que não.

— Tu podes fingir para os outros, mas não para um espelho. Caíste aqui e a primeira coisa que fizeste foi ignorar minha presença e procurar pelo teu amado Severino — disse o outro.

— É o esperado, não? Afinal, ele estava comigo momentos atrás.

— E eu estou aqui desde sempre.

— Tu falas demais.

Mané continuou sua caminhada e foi seguido de perto pelo outro.

— Vais me ignorar, é esse o teu plano? — perguntou o outro.

— Que serventia há num reflexo que me desafia, que não faz aquilo que espelhos fazem?

— Pois bem, este sou eu. E o reflexo aqui és tu!

A discussão continuou, um dizendo isso, o outro dizendo aquilo. Em determinado momento, já não era possível distinguir quem falava o quê, era apenas uma cacofonia de ideias e sentimentos desconexos. A garganta acabou por secar, os ombros arriaram e os dois seguiram em silêncio.

No meio do caminho tinha uma pedra. Tinha uma pedra no meio do caminho. E tinha também a ideia de uma pedra no meio do caminho. Cada um se sentou em seu pedaço de chão, corpo carcomido pela solidão ignorada.

— Tu tens medo da morte? — perguntou um deles. Qual deles? Nem mesmo este narrador consegue mais dizer.

— Acho que todos nós temos, até quem diz que não.

— Por que será isso? É a coisa mais comum deste mundo. Viver é bem mais perigoso que morrer, e não vejo ninguém lamentando a chegada de mais uma alma nesta terra.

— Viver é perigoso, mas não tem mistério. Quer dizer, tem, mas a gente sabe mais ou menos o que nos aguarda. Tem ciência das coisas, sabe. Morrer é só dúvida e fé.

— Morrer dá medo mesmo.

— Seremos todos obliterados pela passagem do tempo. Em algum calendário, seremos quase nada. Mas nunca seremos absolutamente nada de novo. Sempre restará algo que deixamos para os outros. Esse pensamento me dá um pouco de calma.

— E o que tu queres deixar para os outros?

— Saudade, né? Deixar boas lembranças. — Uma pausa que durou uma vida. — Quero, no dia do meu enterro, que as pessoas se reúnam e pensem: "Pô, perdemos um dos bons. Alguém que só tinha palavras boas. Perdemos uma alma gentil e amigável."

— É isso que queres deixar de legado?

— Isso me basta.

— Há um longo caminho pela frente, então. Que bom que ainda és jovem.

— Como assim "um longo caminho"?

— Para se tornar um homem de palavras boas e de alma gentil...

— Mas isso eu já sou. — Mané olhou para Mané.

— Mas não é, não.

— Como assim?

— Tu me chamaste de tolo, desdenhaste dos meus sentimentos por Jeremias, me ignoraste, me deste as costas e disseste que eu não tinha serventia. Não foste gentil comigo e tampouco me ofereceste palavras boas — Mané disse para Mané.

— Verdade.

Fez-se um silêncio absoluto.

— Não tenho sido uma boa companhia, não é, Mané?

Caminharam juntos por dias, meses e anos, mas o tempo ali não era o mesmo tempo dos relógios. Era um tempo de dentro; o tempo que não era mais uma flecha disparada sempre seguindo em frente. O ontem veio e se fez presente e a chuva caiu com a cor ainda não sonhada. As coisas que eram e que foram e que sempre serão estavam emaranhadas num novelo de lã, amarradas e apertadas. Mané se lembrou dos dias em que se divertiu catando bicho-de-pé no pé da mãe e de quando saiu por Redenção cutucando dormideiras que encontrava pelo caminho; lembrou-se também do dia em que Deus, inspirado pela beleza de um casulo quando visto de dentro, decidiu colorir a aurora e o crepúsculo, que originalmente eram cinza e completamente desprovidos de graça. Lembrou-se até do dia em que o universo colapsou no peso de sua própria ambição, e o mundo se amassou como uma folha de papel. A ordem irrepetível das coisas rachou aquele espelho cravado na terra, e Mané estava novamente diante de seu reflexo, ele com ele mesmo, sem o outro ou a ideia do outro, condenado a contemplar a sua própria solidão.

— Eu te amo, Mané — disse nosso herói.

E o espelho fez aquilo que os espelhos fazem.

Capítulo 22
De como nosso herói só falou verdades

A pós o tropeço em Eunápolis, Mané reencontrou Severino no mesmo lugar em que caíra em si.

— Eita! — disse Severino ao notar que o namorado quase foi ao chão. — Estavas onde com a cabeça que não viste esta pedra?

— Estava olhando para dentro.

— Cuidado, meu amor.

O casal mudou de ideia e decidiu que a capital não oferecia nenhum tipo de resposta. Optaram por seguir para o norte: mirando Monte Santo, ou quem sabe Uauá. Achavam seguro afirmar que, de todas as cidades da Bahia, não seria em Salvador que encontrariam Redenção, apesar de o nome sugerir certa afinidade. A capital tinha muitas geringonças e muitos olhos bisbilhoteiros, coisas que a Bruxa repudiava.

A estrada os acolheu com familiaridade. Pouca coisa muda quando se vive a caminhar. A mata às vezes se apresentava frondosa, outras vezes nem tanto, mas no fim era sempre a mesma coisa: o horizonte permanecia imbatível, um pé na frente do outro, mãos dadas e conversas aleatórias.

— Tens medo da solidão, meu amor? — perguntou Mané.

Severino pensou por um tempo.

— Não tenho medo da solidão, não, mas tenho medo de me sentir só.

— E qual é a diferença?

— A solidão é a orquestra dentro de mim, é a ópera do meu próprio silêncio. Estar só é o silêncio que acontece na multidão.

— Olha! Tu és poeta também.

Dividir ideias com Severino era o que Mané mais gostava de fazer, mais até do que escrever poesia. Adorava ouvi-lo e adorava questioná-lo. Debatiam sobre a vida das borboletas, e se elas carregavam os pecados de quando eram lagartas, e sobre a paciência das capivaras, que viviam sempre a meditar.

No caminho, próximo a Queimadas, os dois encontraram a cidade de Glossolalia, um dos pontos turísticos mais conhecidos do Nordeste, cidade que ganhou fama internacional quando se tornou de conhecimento público que lá não havia fronteira linguística. Português, inglês, mandarim, esperanto e até grunhidos eram compreendidos por todos, sem a necessidade de tradução, estudo ou conhecimento. Não só isso: em Glossolalia tudo que fosse falado era interpretado em seu real intento, sem metáforas, ironias, eufemismos, hipérboles ou qualquer outra figura de linguagem.

Fascinado pelo fenômeno, Jargão Tramela, grande linguista brasileiro, dedicou boa parte de sua vida a estudar as peculiaridades daquele pedaço de terra. Durante o tempo que passou na cidade, Jargão levantou fatos curiosos e acabou publicando todos os seus achados no livro *Traições e traduções*.

Na obra, Jargão Tramela apontou a matéria "Here, aqui, qui, acá" como o primeiro artigo jornalístico a chamar Glossolalia de "A Cidade do dom das línguas". Em pouco tempo, o município se tornou o mais procurado destino do turismo religioso baiano, atraindo a peregrinação de milhões de fiéis em seus anos iniciais. O processo imigratório, contudo, não durou muito, e a correnteza da vida mudou de direção. Com o passar dos anos, apenas os mais devotos dos devotos conseguiram sustentar a fé em Glossolalia, culminando em um dos maiores êxodos urbanos da história baiana. Sobre o assunto, Tramela escreveu:

"As pessoas, sobretudo as de fé, preferem exercer suas crenças sem que os reais intentos de suas almas sejam expostos constantemente. É muito mais conveniente aceitar a nossa interpretação pessoal dos textos divinos do que lidar com os seus reais significados. A verdade pura e simples é que ninguém quer ser compreendido — realmente compreendido — de modo indiscriminado. Até os livros vivem a maior parte do tempo fechados."

O desnudamento dos propósitos e das ideias tornou a

cidade carente de arte. Sem a subjetividade do espectador, do leitor, do ouvinte, sem que a compreensão fosse de fato uma troca, sobravam apenas os desejos e as inseguranças dos criadores. E criadores são, em suma, criaturas inseguras; criam pois não compreendem a si mesmos. E nessa abolição da interpretação, a arte perdeu seu propósito. Restaram, contudo, alguns artistas em Glossolalia, fato pesquisado a fundo por Jargão Tramela. Segundo o linguista, os poucos artistas que permaneceram na cidade foram aqueles que defendiam a ideia de *alta cultura*, ou *arte verdadeira*. Sobre o assunto, Tramela escreveu:

"O que descobri em meus estudos glossológicos é que artistas que defendem a ideia de uma alta cultura, ou de uma arte verdadeira, no fundo buscam um espaço de dominância, e não de pertencimento. O verniz de uma nobreza artística nada mais é que um subterfúgio criado para que o pedestal do ego tenha mais alguns degraus. Nunca se trata de valorizar o eu, mas de desmoralizar o outro. Os artistas que vivem ficaram, pois não se importam em fazer arte. Ficaram, pois se importam em fazer nome."

Graças ao dom da franqueza constante, Glossolalia se tornou uma cidade à beira do silêncio, com raros transeuntes salpicando ruas e vielas. Os poucos moradores usavam óculos escuros e fones de ouvidos, com o intuito de evitar abordagens diretas: afinal, nada mais perigoso em Glossolalia do que um simples "bom dia, tudo bem?".

Mané e Severino, desacostumados às regras da cidade, caíram na armadilha fática dos bons costumes: encontraram um estranho e perguntaram sobre o seu dia. O homem em questão era eu, este narrador que aqui escreve. Tudo que eu queria era seguir com a minha vida, mas graças à atmosfera que me cercava me vi compelido a explicar todos os problemas e percalços de minha existência, dividindo com aqueles estranhos as minhas intimidades. Falei do meu trabalho e de como eu estava inseguro com o fato de não ser reconhecido pelas minhas conquistas. Falei que gostaria de ser chamado para mais eventos, que sempre procuro no outro a validação e da frustração que foi perder um dos prêmios mais importantes de minha carreira.

Sem perceber, Mané também me contou tudo. Contou da mãe e da saudade em forma de nuvem que tinha do pai, esse sentimento que é mais ideia do que sentimento em si. Contou das borboletas e de como ele amou e passou a ouvir que era amado. Contou de Restinho, da Carranca, do velho, d'*O Fim*, do barqueiro, do coronel dividido ao meio, da cidade-teatro, do engarrafamento e da cidade que era um infinito.

Foi o "tudo bem?" mais longo de minha existência e, de certa forma, se estende até o presente momento. Algo curioso aconteceu naquele encontro de sinceridade sem amarras: eu me vi fascinado pelo destino de Mané e decidi, ali, que seria eu a pessoa que contaria a história de sua vida. E como a caneta em Glossolalia não sabe mentir, não me resta nada a não ser inventar as verdades de nosso herói.

Segui meu caminho, pensando neste livro, e deixei Mané e Severino à própria sorte, buscando uma saída para tanta honestidade. Ao atravessarem a rua, testemunharam a dor por trás de palavras caridosas, porém falsas. Um homem de fé os abordou e entregou um pedaço de papel. Sorria honestamente, pois as passagens que viviam em sua boca eram boas, afinal eram provérbios de salvação. Contudo, ao serem projetadas ao ar glossolaliano, ar que negava palavras maquiadas, elas se transmutaram na verdade por trás da pregação. No papel, o que estava escrito não era o que se lia. Havia, entre as palavras, um abismo terrível, um precipício que engolia tudo. Eram palavras de afeto sem compreensão e sem aceitação. De fato, tratava-se de um carinho que não afagava o outro.

O homem, após a saudação, seguiu seu caminho, orgulhoso do que falava e preocupando-se muito pouco com o que era ouvido.

Após um longo tempo de silêncio, olhos perdidos no pequeno pedaço de papel, Mané puxou Severino pelo braço e declamou um poema. Foi seu melhor trabalho. Talvez não tenha sido o mais bem estruturado, ou o mais engenhoso, mas certamente foi o mais honesto.

Desfiz-me em mim mesmo,
desmanchei para dentro
e não deixei migalhas no chão.
A alvorada fez morada em mim,
e o amanhã dorme agora no meu bucho.
Despi-me da ideia de completude,
pois não há infinito que seja inteiro.

Mas achei, no toque da sua pele,
memórias que o tempo não comporta,
os segundos escorrem pelos ponteiros,
e me vejo senhor das possibilidades,
relembrando sorrisos que ainda não sorri.
Compreendo hoje o bem-te-vi,
sei por que ele gorjeia.
Bem também estou eu a ver-te.
De amanhã já não morro mais,
e o horizonte, eu carrego na mochila.
Tenho a mim, e isso me basta,
cheio sou, mas, confesso,
que alegria é transbordar ao seu lado.

O ar de Glossolalia, contudo, fez o que fazia de melhor, e tudo que Severino escutou foi:

— Eu te amo, Severino.

— Eu também te amo, Mané — respondeu o palhaço.

E o poiesistino no coração do nosso herói se viu todo cheinho.

Capítulo 23
De como Mané Não encontrou

NÃO É UM LUGAR, a placa anunciava. O NÃO bem grande, acima de É UM LUGAR. NÃO HÁ LUGAR, dizia outra placa, na mesma diagramação. Não que duas placas fossem necessárias, não parecia haver muito movimento por aquelas bandas, nem mesmo uma cidade para se apresentar, apenas o chão de pedras e o porteiro.

— Não há como entrar? — perguntou Mané.
— Não é isso que está escrito — disse o porteiro.
— Não?
— Não. Não sabes ler? Não. Há lugar.
— Não há espaço na cidade? — perguntou Severino.
— Não, não. Há espaço. Há lugar.
— Não entendi.
— Não é Não. Não é um lugar.
— Não há cidade?
— Não, a cidade. — O homem concordou, apesar de não

soar como uma concordância para Mané. — Não é um lugar. Não é o que está escrito?

O porteiro olhou para a placa, sem entender o motivo de tanta confusão.

— Não há como haver algo sem haver algo — pontuou Severino.

— Não são comigo esses problemas de coerência. Não vês? Sou apenas o porteiro.

— Não vejo porta, meu amigo.

— Não é que sempre achei estranho isso?

— Não havendo porta, como pode haver um porteiro?

— Não sei. Estou aqui, não?

— Não vamos perder tempo...

Não era uma cidade de muitas ausências. Não nasceu assim: com pessoas que não queriam estar sós, mas também não queriam ter gente ao lado. Não foi um acordo posto em letras, um pacto silencioso de atração e repulsa mútuas. Não não fazia muito sentido, mas pedras que roncam também não fazem sentido, e, mesmo assim, toda pedra vive a dormir.

Não é formada por gente, gente que diz muito não. Não às vezes é nome, não às vezes é negativa, não às vezes é repetido a ponto de virar piada. Não que as piadas sejam sempre boas, geralmente não são, mas não se pode conter um artista quando ele decide criar.

Não, não, não, não.

Não, então, não era um lugar de aconchegos. Não foi construída após muitas negativas constantes, e não há muito futuro após rejeições tão concretas.

Não é não, e Não, neste caso, é também um lugar.

— Não sei se tu concordas, mas cansei dessa conversa — disse Mané.

— Não há nada que eu possa fazer — respondeu o porteiro.

— Não mesmo...

— Não, por favor! Não se vá. Não converso com outra pessoa faz muito tempo.

— Não tens amigos?

Severino teve pena do coitado.

— Não, claro que não. Não há ninguém. Não é lugar, mas não há ninguém por aqui.

— Não?

— Não. Não há mais parede e não há mais portas. Apenas restou Não.

— Não concordo.

— Não?

— Não vês que ainda sobras tu?

— Não tinha pensado nisso.

— Não queres vir com a gente? Não há muito luxo na vida na estrada, mas há mais sim do que não.

— ...

— ...

— Não... — disse o porteiro, lágrimas escorrendo pelo rosto.

— Não?

— Não...

Não foi. Não falou. Não dançou. Não beijou. Não sorriu. Não.

Capítulo 24
De como Mané ruminou um repente repleto de repetições, e a recorrência de ruídos ruins resultou em reinvenções

Alínea, aldeia alagada no alto de uma aluvião, anunciava achegamentos. Há anos, alguém afincou uma placa alfandegária em seu átrio; anotada nela, uma afirmativa adequada àquela área de alismos e de alicerces alinhados. "Ali terá ações", asseverava, assim, aleatoriamente. Aliviado, Mané aplacou. Ao menos havia algo além da andança.

— E agora? Alugamos uma alcova em Alínea?
— Bora? Basta dessa bobagem de botar os bofes pra fora.

A cidade de cadências e cacofonias constantes conquistou o casal, contrariando conceitos canônicos. Cada comunicado e confissão compartilhada eram como cantos de recapitulação, culminando em um capítulo composto por cacoetes concomitantes, coesos e conformes, coisas que acadêmicos aconselham calar. Com cada consoante combinada que ecoava, certas certezas cresciam um cadinho, como o conceito de que carregavam coisas custosas nas costas e de que a companhia é a campainha para o contentamento.

De fato, difícil digerir esta determinação do destino: todas as díades dengosas nascem departidas. Só depois de dominar a ideia do outro, desenvolvemos o desejo pela devoção deles.

Eis a dívida da vida: divididos devemos decompor.

Dentre o dever e o deleite dos dias, os dois heróis dessa desventura desprenderam-se de seus desassossegos. Divertiram-se depois do desjejum, desafiaram-se durante declamações decassilábicas e se despiram devagar, deliciando-se com dedos despudorados.

Deitados, derreteram.

E enquanto se entretinham entre o que tinham e o que ensaiavam ter, eles entenderam que a eternidade não é enquadrada em ensinamentos enigmáticos. Falácias fáceis de falar falham com o fato de que a vida é feita fazendo e refazendo. Somos gaiatos de gaitas gastas, gorjeando galhofas e gaguejando gozos.

Sem amizade com o ser solitário que no espelho habita, criamos o hábito de achar que nosso hálito sempre será fedido. *A independência do indivíduo*, idealizou Mané, *não é indício de indiferença. É justo o júbilo jugal, mas jamais jure juntar só por juntar*, justificou. *Lagartas não lamentam a loucura, largam suas lágrimas na lama e levam leveza ao léu.*

Mané e seu amado mantiveram suas mentes nas maravilhas do mundo. Nada, nem ninguém, apenas nuvens no universo. Outro Olimpo, outrora órfão de homens ordinários, orvalhou-se nas orquídeas numa orquestra organizada.

"Próxima parada parece ser Paramim", pensou Mané.

Parágrafos com paragramatismos de parâmetros parabólicos parafusam a pronúncia e o pensamento das pessoas. Parar parecia pertinente.

— Qualquer quarto, em qualquer quebrada, quente pelo canto do quero-quero é um canto que quero pra mim.

Restou restaurar as reticências e restabelecer o resto deste relato.

— Em solos solífugos, sementes não são solução. Se sopesarmos pesares sólidos, só lidamos com as mentiras que o sujeito só se sujeita a sentir. São solilóquios de Pinóquios.

— O tempo tá tatuado em tudo. Único unguento universal.

— Verdade. Voltaremos a ver a vegetação verdejante viajando.

Chisparam sem chiste. Em Xique-Xique, checaram umas xilogravuras chilenas, choraram ao ouvir Chopin no xilofone e chiaram ao perder chinelos em um chiqueiro chinfrim.

Zangados pela zoeira, zarparam. Zanzaram em zigue-zague, zelando aquela zoada zombeteira.

Capítulo 25
De como nosso herói se negou a construir uma cerca em volta do Brasil

No meio de suas andanças, quando os pés e a terra se ajuntaram de tal forma que um era indiscernível do outro, e a mente já não tinha mais nada a fazer, nem mesmo pensar, Mané e Severino encontraram um restaurante perdido na estrada. O nome, se é que um dia teve um, o tempo tratou de comer; a tinta que restava em suas paredes de concreto era como pele descascada após muito tempo debaixo do sol, desgarrava com o passar das unhas.

Encontraram ali duas almas velhas, de muitas rugas e poucos dentes. Bebiam cachaça na varandinha do bar. Mané quebrou o silêncio e perguntou sobre o dia. Os velhos retribuíram com educação, perguntando para onde eles seguiam. Ao ouvirem que o casal estava em busca de Redenção, os dois homens revelaram sorrisos incompletos, porém honestos.

— Podem andar até que tenham pitocos de pernas e ainda assim não vão encontrar Redenção. A Bruxa não quer saber de mapa ou de regra. Não tem caminho certo, mas tem um bocado de caminho errado.

— A gente sabe que Redenção não se acha assim, mas não temos onde ficar, nenhum lugar parece ser nosso e, quando não se tem um ponto fixo para fincar os pés, a andança é o que resta.

— Que a estrada seja caridosa — disse um dos velhos.

— Conhecem algum lugar que aceitaria dois vagabundos por uma noite de sono tranquilo? Andamos faz muito tempo, e a coluna merece umas horas de quietude — perguntou Severino.

— Aqui, por estas bandas, não vão achar hospedagem, meus caros. Casa é terreno sagrado, e estranho não entra.

Ao escutar tais palavras, os ombros de Mané e Severino arriaram.

— Mas tem o patriota — falou o outro velho.

Suas palavras, cheias de otimismo, foram como balões erguendo aquilo que o desespero tombara.

— O patriota aceita estranhos, mas trata-se de um louco.

— Ele é perigoso? — perguntou Severino.

— Só se ofenderem a pátria. Aí ele vai tentar bater na cabeça de vocês com a bengala dele. É um homem bom. Só é doido varrido.

Sem nada melhor no horizonte, os dois seguiram o dedo esticado.

A caminhada não durou muito. Em pouco tempo avistaram a choupana. Como reconheceram que aquela morada era do louco patriota e não de outrem? Fácil. Havia, entre a casa e um frondoso pé de pau-brasil, um alto mastro. No topo dela, uma bandeira que tentava abraçar toda a ideia de uma nação através do verde, do amarelo, do azul e de alguns pontos brancos.

Bateram na porta e foram recebidos por um senhorzinho de fraque azul, pincenê no nariz e cocar na cabeça. O patriota já namorava a ideia de pertencer ao chão, fato que podia ser constatado por suas costas curvadas, como se estivesse ensaiando a queda final. O velho segurava uma lustrosa bengala carmesim, com uma cabeça de arara talhada na ponta. O recinto era uma ode aos cacarecos e adereços mais variados desta larga nação. Ao lado de um arco e flecha indígena, a ilustração em carvão de Iemanjá; logo abaixo da mãe das águas, velas de sete dias e uma imagem de Santo Antônio submersa, de cabeça para baixo, num copo d'água. Havia carrancas de madeira, cuias de cerâmica, mesas de centro cobertas por chitas, sanfoneiros e bois de barro, além de redes estendidas. Nas paredes, quadros de figuras célebres como Machado de Assis, Ariano Suassuna, Maria Felipa, Irmã Dulce e, é claro, o mais brasileiro dos brasileiros, Ricardo Coração dos Outros.

Araras e papagaios zanzavam soltos pela sala principal, assim como alguns micos. O cheiro era forte, perfume intenso de madeira cortada. Na mesa central, um grande mapa do Brasil, alguns cadernos de anotações e cachos e mais cachos de coco verde.

— Brasileiros?

— Com orgulho — Mané achou melhor abraçar sua metade prudentista e exagerou na resposta. — Somos Mané e Severino.

— Sou Ubirajara. Vieram me ajudar, presumo.

— Podemos ajudar no que for possível. Tudo que pedimos é uma noite de descanso — respondeu Severino.

— Ahhh — o velho fez um gesto de desdém com a mão. — Não carece desses olhos pidões. Tenho para mim que o Brasil é minha casa. Portanto, qualquer canto é meu, e todo canto é de qualquer brasileiro também. Uma pena que meus irmãos compatriotas não pensem assim.

— O senhor disse que precisa de ajuda? — perguntou Severino.

— Pois bem, meus queridos, estão vendo aquele livro ali. — O velho apontou para uma coleção de papéis soltos, emparelhados e presos apenas pela glória do Senhor. — Aquilo ali é o trabalho de uma vida. Vejam bem, toda alma tem um cercado em volta de si, cercado esse que segura o eu num único lugar. Dentro desse cercado cabe tudo que a pessoa é, do que pode ser tocado ao que só pode ser sentido. Com uma nação, pode-se dizer a mesma coisa. A parte de tocar foi fácil de catalogar. Nesses papéis aí tem tudo, tem do Oiapoque ao Chuí, tem do Anhangá até a vitória-régia, da asa-branca ao zabelê, do carnaval às romarias. Está tudo aí.

— Impressionante — Mané olhou para a coleção de folhas amarelas e amassadas. — E o que o senhor quer de nós?

— Agora vem a parte difícil. Fechar a cerca em volta da alma brasileira.

— Perdão? — perguntou Severino ao percorrer os dedos pelas muitas páginas do tratado.

— Ser brasileiro é muito mais que uma certidão. Certamente, concordam comigo.

— Claro — respondeu o casal.

— Então, precisamos de um tratado que dê cabo quando a certidão não fizer o serviço. Esses papéis são o tratado. Ou o começo dele, pelo menos.

— Como assim, senhor? — Severino tentava entender a mente daquele velho solitário.

— Ora, meus jovens, não está clara a problemática que precisamos exterminar, antes que ela nos destrua por completo?

— Não compreendi ainda.

— Num país como o nosso, com tantas distâncias, não só físicas, mas emocionais também, o peso nas extremidades levará a uma ruptura mais cedo ou mais tarde. — O velho quebrou um galho que repousava sobre sua mesa. — Haverá um momento, ele há de chegar, em que o debate será o quão brasileiro é o brasileiro. Como é que um potiguar vai se identificar com a vida e os apperreios de um gaúcho? Como definir a brasilidade de um munduruku lutando por suas terras quando contrastada com a brasilidade de um paulistano num engarrafamento ao lado da carcaça do Tietê? Precisamos de uma cerca para que as histórias não fujam de nós.

— Não seria a ideia de uma cerca um equívoco? — perguntou Mané enquanto Severino folheava as páginas soltas do tratado brasileiro que Ubirajara escrevia.

— Perdão?

Havia um tom de indignação na voz do senhorzinho.

— Mané... — Severino temia que aquele comentário custasse uma noite de descanso.

Nosso herói notou o tom preocupado de seu amado, mas algo em seu bucho dizia que deveria expor seus pensamentos. Foi a vez do seu lado bacorejista falar:

— Cerca só funciona para demarcar. Uma cerca não me parece dar conta do que o senhor almeja. Afinal, isso aqui é só uma documentação com mais palavras.

O velho fez um beiço, pensou e suspirou:

— Mas e quando a gente não se entender? — perguntou Ubirajara, suspirando.

— Acho que não há como fugir desse desentendimento, meu senhor. Não é melhor que cada um encontre seu jeito de ser aquilo que acredita ser, mesmo que isso signifique não viver sobre o mesmo tratado? — Mané se sentou ao lado do velho. — Mesmo que não haja um acordo? Já vi a guerra partir o homem ao meio. Lado de lá contra lado de cá. Já vi coronel que gosta mais de bandeira do que de gente.

O velho abriu a boca, mas não encontrou uma resposta.

— Na documentação, no ofício e na bandeira, tudo é de fora para dentro. Mas o que tu sugeres é que na hora da alma o processo seja inverso: da pessoa para a natureza, sem regras ou incumbências, apenas escolhas... — as palavras do velho pareciam com as de Mané.

— Isso me parece algo que eu diria com orgulho — disse nosso herói, sorrindo.

— Eu também — concordou o namorado.

O velho se levantou, se espreguiçou e, pela primeira vez em muito tempo, seus olhos miraram o horizonte.

— Eu escrevo isso há tanto tempo e tu, em poucas palavras, mataste o trabalho todinho. Tu és esperto, garoto.

— Obrigado.

— Sabe o que este momento pede? Um cuscuz com um pouco de manteiga e um café quente.

— Isso me parece perfeito — concordou Severino.

— Vamos, meus caros, hoje vocês dormem bem!

Ubirajara serviu as visitas e contou sobre sua vida, de como foi considerado louco, de como lutou pela República e da vez que fugiu de um fuzilamento. Após a janta, o velho mostrou os aposentos onde as visitas dormiriam: no meio do cômodo, uma cama suntuosa brincava de ser noiva, com folhas de coqueiro na cabeceira e um mosquiteiro branco fazendo as vezes de véu e grinalda. Após dias de caminhada sem parar, Mané e Severino descansaram as cabeças nos travesseiros e se encararam.

— Tu vais gostar de Redenção — disse Mané.

Mas Severino deu de ombros.

— Não queres achar Redenção? — perguntou nosso herói.

— Não me importo, não. Com tu ao meu lado, chamo qualquer canto de casa.

Capítulo 26
De como nosso herói desistiu

Deixaram a casa do velho Ubirajara ao primeiro sinal da alvorada e caminharam por mais oitenta dias. Os pés finalmente pararam em Mojubá, cidadezinha próxima a Canudos, no extremo norte da Bahia. Tecnicamente inserida no polígono das secas, Mojubá tinha traços do semiárido, terra sem sobras, de beleza sem fartura ou generosidade, de chão vermelho e mata espinhenta; nada ali se preocupava em agradar os desatentos. Sobreviver já era o próprio estado de beleza.

Construída no meio de uma clareira, e com as casas dispostas em volta de um açude, Mojubá era uma cidade de poucas paredes. Os caminhos não tinham muitas pretensões, trilhas marcadas pelo vai e vem de pés descalços e mansos. Lá, o entardecer era pincelado por bicadas de carcará, derramando sangue num céu sem pena, mas sempre belo.

Ao passar pelas margens de um rio ainda sem nome, ouviram o canto formado por dezenas de vozes há muito tempo enterradas. Algumas almas vivas também seguiam o ritmo da canção, mas era o eco que persistia.

Galo cantou, pé na estrada pra amanhecer
Na beirada do rio pra ver marear
Esperando a maré baixar
No cheiro da aroeira
A sombra pra descansar
História das ganhadeiras
Que nós viemos contar
Xaréu, robalo, guaricema, peixe-galo
Sardinha, pititinga, preta maria, chegou
Mangaba, cambuí, araçá
Cajá-umbu, caju, mané-veio, nicuri, coco verde, gajiru

Mané e Severino seguiam caminho quando uma brisa deslocada tratou de acariciá-los. Poeira vermelha correu por entre mandacarus, catingueiras e mãos apertadas, levantando suspiros de uma cidade em que ninguém podia entrar andando. Mané parou e escutou. Escutou aquilo que não tem voz e não tem palavra, aquilo que não tem cor e não tem forma. Uma nota musical sustenida a ponto de virar silêncio. Os dedos dos pés de Mané começaram a se esticar, crescendo e cavando a terra com unhas de enxada. A pele foi penetrando o chão vermelho como se os dois fossem partes estrangeiras de um mesmo organismo.

— Sabe, meu amor, não sei se estou vivendo ou se estou apenas esperando o próximo momento — disse Mané em seu quase estado de árvore.

— Como assim? — perguntou Severino.

— Andar é simples, é um pé na frente do outro. Andei, andei, andei, mas pouco saí do lugar. Conheci cidades, conheci pessoas, calejei os pés, perdi foi coisa, mas o horizonte continua lá, de pé. Não importa pra que lado eu olhe, Redenção tá sempre do outro lado das vistas. — Os poucos pertences que Mané carregava consigo foram ao chão — Acho que chega de andar, meu amor.

— Desistes de Redenção? — perguntou Severino.

— A professora Constância me ensinou que a persistência é uma virtude nobre, mas eu acho que aprendi errado a lição. É que nem poema. Se eu insistir num só poema, se eu ficar procurando melhorá-lo, se eu ficar escrevendo e reescrevendo, ele não vira poema, ele só vive como ideia. Lagarta que persiste no casulo não voa. Podemos pensar em Redenção depois. Quero descansar um pouco.

— Justíssimo.

Severino ajudou Mané a se desenraizar do momento, puxando os dedos da terra como se fossem macaxeira. Encontraram uma casa para alugar e trataram de transformá-la em lar. De manhã, café e cuscuz com manteiga. No almoço, pescavam para pagar as contas. De noite, poesia e namoro na rede.

E, ao renunciar ao horizonte, Mané fez mais um poema:

Desejo é miragem que se faz nas pálpebras,
engana até olhos fechados.
O hoje ganha as cores do amanhã,
o agora perde a moldura,
e o momento vive esparramado pelo chão da sala.
O pavão sabe muito bem o que oferece em sua cauda em leque:
apenas olhos oblíquos e dissimulados.
De promessa, tudo morre.
Tem paraíso que anda disfarçado.

Capítulo 27
De como nosso herói reencontrou a Bruxa

O tempo fez aquilo que faz de melhor: passou sem ser notado, como suspiro de beija-flor. Os astros seguiram sua dança celestial, bebês nasceram, velhos morreram, casais apaixonados se separaram e a vida, essa força em eterna romaria, continuou sua trilha.

Os poucos cabelos grisalhos de Mané estavam perdendo a batalha da velhice, e nem mesmo seu boné escondia a calvície que chegava com a idade já avançada. Ele pescava na companhia de Teodoro, seu fiel e preguiçoso vira-lata, que adorava aconchegar a cabeça sobre o pé esquerdo do dono. Mané retribuía aquele agrado usando a unha do dedão para coçar o cangote do cachorro, que sacolejava as patas morto de prazer.

— Sabe, Teodoro, estive pensando numas coisas assim do nada...

O cão, ciente de que o dono estava entrando em um de seus intermináveis solilóquios, bocejou.

— Estava pensando nas palavras. Coisas estranhas, né não? Tu és um cachorro. Ca-chor-ro. Cachorro é chamado de cachorro, mas só tem esse nome em português. Em inglês eles chamam de outra coisa. Dógui. Vi no jornal outro dia. Mas presta atenção: temos também nomes para tipos de cachorro: tem pastor-alemão, tem rótivailer, tem pinxi, tem púdou, e tem os iguais a tu, os vira-latas. Mas ainda tem mais, Teodoro. Temos tu — Mané se agachou e acariciou a orelha do bicho. — Tu tens nome próprio, Teodoro. Não é todo vira-lata que recebe nome. — Mané parou por um instante, lembrou-se de um velho amigo e continuou. — A gente dá nome pra coisa que a gente gosta. A gente dá nome pra coisa que a gente acha que merece nome.

Teodoro se levantou, girou o corpo e ofereceu a outra bochecha para que Mané a coçasse com a unha do dedão. O velho assim o fez.

— E aí eu fiquei cá pensando com meus botões no tantão de coisa que merece nome e nunca ganha um. Sabe aquele som que a rede de dormir faz quando eu começo a me balançar nela? Aquele som não tem nome, mas deveria ter. Ninatinga é o nome que eu daria. "Ontem eu dormi ao som da ninatinga", eu diria.

O cão apenas roncou.

— Os dicionários sofrem de uma desnutrição lírica, Teodoro, e não tem poeta neste mundo que dê jeito numa fome dessa.

Mané se levantou, arrumou a vara de pescar e tratou de seguir seu caminho de volta ao lar. Lembrou-se do seu tempo em Lemniscata, da simetria perfeita, dos padrões calculados, dos inversos que se complementavam naquela vida de espelhos e reflexos. A esquerda tinha força diretamente oposta à direita, a letra que começava uma oração era a mesma que a terminava. Equilíbrio. Estabilidade. Concordâncias paralelas que só faziam sentido em poema, pois a vida precisa da morte, e a morte precisa vencer.

No meio da caminhada, Mané escutou o ronco de uma pedra, e apesar de tantos anos afastado de sua terra natal, ele sabia muito bem que ruído era aquele. Sentou-se perto da pedra e esperou. Assim que o cardeal-do-nordeste cantou, a Bruxa apareceu.

Olhar para a velha era o mesmo que visitar a lembrança mais bem guardada.

— Me contaram que caíste de Redenção — falou a Bruxa sem aperreio algum em sua voz.

— Faz anos já — respondeu Mané, sua mão acariciando o cocuruto de Teodoro.

— Pois só me avisaram hoje.

— Quem avisou?

— Tua professora.

— Saudades dela.

A Bruxa acendeu seu cachimbo, que, a cada baforada, lançava mariposas ao ar.

— Por que tu criaste Redenção, Bruxa?

— Porque quis, ué.

— E por que quiseste? Até querer tem explicação.

— E é, é?

— É.

— Não sei. — Ela tragou, segurou e esfumaçou um panapanã. — Mentira, sei, sim. Criei porque precisava de um canto que não tivesse canto. Criei, Mané, porque o que está posto no mundo não me satisfaz. Criei porque a certeza é coisa miúda, cabe no bolso. Grande mesmo é a dúvida. E eu queria criar a dúvida. Criei Redenção porque eu via, dentro de mim, coisas maiores que eu mesma.

— Criaste porque carregavas amantessidão...

— Exatamente. Palavra sua, né?

— De minha mãe. — Nosso herói sorriu ao responder.

— Sempre gostei de tu, Manézin.

— Sempre gostei de tu também, Bruxa.

— Estás velho. Que coisa horrível é este tempo humano.

— Nós não temos muita opção.

— Em Redenção o tempo é diferente.

— Gosto de como os ponteiros andam aqui. O compasso é rápido, mas a dança é bonita. Se tiveres paciência, tu danças xote.

— Essas malditas geringonças. Não queres voltar, não?

Os olhos de Mané marejaram. Não por saudade, apesar de ainda restarem migalhas disso dentro dele, mas por pensar que tudo que vivera e amava poderia sumir se o tempo fosse brinquedo nas mãos das pessoas. Houve um tempo em que Mané aceitaria sua Redenção sem pensar duas vezes, mas agora ele sabia que perderia toda a beleza e a feiura do mundo que conheceu, perderia toda dor e toda alegria que existem em andar perdido.

— Não, obrigado — Mané respondeu.

O semblante da Bruxa se contorceu, incapaz de compreender a resposta do homem.

— Certeza?

Mané parou e pensou um pouco mais. Lembrou-se de seu tempo andando pela Bahia, lembrou-se das palavras da Carranca de Juá e de como ela estava certa.

— Certeza e convicção são duas coisas apartadas. — respondeu ele. — Eu li isso num livro. Algo sobre coisas pequenas que são grandes.

A memória do nosso herói já não era mais a mesma e, por isso, faz-se necessária uma última citação ao trabalho da médica e teórica Socorro das Graças, que escreveu:

"Freud, em toda sua astúcia, acreditou que o ego era um conceito imaterial da nossa psiquê. Era um gênio, mas errou. Após anos estudando a fome humana, encontrei no estômago, mais precisamente no duodeno, o ufantino. É lá, no ufantino, que o ego humano é alimentado. E é lá que podemos testemunhar, empiricamente, como a certeza e a convicção são duas coisas apartadas. A certeza age como um vírus no ufantino, inflando-o a ponto de o sujeito passar a vomitar suas verdades, criando assim mais certezas, que por consequência geram mais golfadas de verdades, gerando mais certezas, num ciclo antropofágico e permanente das ideias. Em pouco tempo o ufantino da pessoa pode ser visto a olho nu. Já a convicção ajuda na flora ufantina, controlando o tamanho do ego. Por isso, escolho minhas certezas com bastante cuidado, porque essas porcarias viciam."

— Estás convicto, então? — perguntou a velha.

Mané suspirou.

— Outro dia desses, meu filho chegou em casa chorando. Ele tinha uma borboletinha morta nas mãos. Encontrou o bichinho tentando sair do casulo. Bondoso como ele é, e ele é, viu, tentou ajudar a borboletinha, partindo com todo o cuidado do mundo o tecido que a prendia. O bicho caiu na mão dele. Jamais voou. Viva, porém morta para o mundo. Ele não sabia que eram justamente a luta, a dor e o desespero que a borboleta passava naquele momento que davam força para suas asas tão mirradas. É ali, naquele sufoco, que ela alcança a possibilidade de voar. — Mané parou e sorriu para a Bruxa. — Redenção era meu sonho de lagarta. Borboleteei-me.

— Sempre poeta.

— E tenho outra coisa pra ser?

— Vou-me e nunca mais te verei, Manézin.

— Daqui a pouco viro só saudade. Já, já, chega o ponto-final da minha história.

A Bruxa guardou o cachimbo, se desfez com a brisa que balançava os canudos-de-pito e a pedra diante do nosso herói parou de roncar.

Mané bateu as mãos nos joelhos, soltou um longuíssimo suspiro, chamou Teodoro e tratou de continuar seu caminho de volta para casa. No meio da trilha, encontrou Constâncio, seu filho, deitado debaixo de um cajueiro, se deliciando com um pomo de caju. O velho cruzou os braços, recostou-se no tronco da árvore e cutucou o menino com a ponta do pé.

— Ajudaste teu pai a regar as flores?

O menino fingiu que não ouviu a pergunta e continuou a morder a fruta.

— Constâncio...

— Já vou, painho, já vou. Não podes me ver deitado três segundos que já vens com coisas pra fazer.

— Venho mesmo. Se tem algo que aprendi nesta vida é que o chão trata de comer tudo que ousa deitar sobre suas costas por muito tempo.

Mané estendeu a mão para o filho, que levantou de um pulo só. O caminho diante deles era curto — nada que Mané já não tivesse trilhado centenas de vezes antes —, mas sempre que seus pés pisavam naquele chão de grama amassada nosso herói se lembrava de Rosário, da Carranca, do velho de Semiose, de Caron, do meio-coronel e da sua contraparte, da cidade-palco, do engarrafamento, dos palíndromos e do velho patriota.

Andar é simples, complicado mesmo é sair do lugar.

— Chegando em casa, sr. Constâncio, vá direto regar minhas flores de sete-cascas — ordenou Mané.

— Ô véi persistente.

Filho e pai caminharam juntos até a casinha amarela no topo de um morro sem muitas ambições de altura, alto o suficiente para que a vista fosse repleta de horizonte. Severino estava sentado na varanda, pintando. A pintura era de um palhaço segurando uma maçã em frente ao rosto. O posicionamento da mão no enquadramento criava a ilusão de que a fruta era o nariz vermelho do palhaço.

— A pesca foi boa? — perguntou Severino.

— O de sempre — Mané beijou o topo da cabeça do marido. Ele, então, examinou o quadro que Severino pintava. — Tens saudades do teu tempo de circo?

— Não tanto. Sinto saudade das risadas do público, mas a vida na estrada nunca foi do meu feitio.

— E decidiste se apaixonar por uma alma perdida que só fez andar por tanto tempo?

— Mas andar contigo sempre foi carregar nossa casa nas costas.

Mané sorriu orgulhoso.

— Tu sempre foste um poeta melhor que eu.

— Deixa de falsa modéstia, homem.

— Não é falsa modéstia, é a mais pura verdade. Eu sempre tento demais nos meus poemas. Eles sempre são carregados pelo ponto-final, mas tu, tu crias poesia em reticências, suspirando.

As mãos se estenderam uma na direção da outra. Pele áspera encontrou pele áspera em um toque suave e macio. O poeta e o palhaço estavam velhos, o tempo mordera a pele e deixara rugas no corpo inteiro, mas os seus beijos ainda despertavam a dança das borboletas. Cercado por aquela nuvem de asas amarelas, Mané chegou a uma conclusão.

— Acho que finalmente compreendo o processo poético da crisálida — disse nosso herói.

— Que ela é um escafandro? — Severino riu de uma piada interna deles.

— Também, mas não é essa a resposta de agora. Para entender a metamorfose, a gente pega o nada e dobra ele bem no meio, e aí, do nada, temos o tudo. Das certezas sem arestas da vida, esta é, com certeza, a mais convexa, meu amor: o infinito cabe nas miudezas deste mundo.

E os dois se beijaram mais uma vez.

— Cadê Constâncio? — perguntou Severino assim que os lábios se desgarraram.

— Regando as plantas — respondeu nosso herói.

— De novo? O coitado deve estar reclamando até agora.

— Ele fica fugindo dos afazeres dele. Uma hora ele aprende.

— Ô véi persistente — brincou o marido.

— Pois muito bem-dito — disse Mané —, mas devemos cuidar do nosso jardim

Agradecimentos

Quero deixar registrado que escrevo este texto no dia 9 de fevereiro de 2025, após participar da minha primeira Caminhada da Pedra de Xangô, celebração que acontece em Cajazeiras, aqui na capital baiana. Acho importante destacar este fato, pois não consigo mais separar os desdobramentos na minha vida de escritor dos desejos do axé. Por ser um homem relativamente confortável no reino da dúvida, tenho grande dificuldade de me entregar de corpo e alma à devoção espiritual. Contudo, após tudo que vivi, tudo que testemunhei, ao menos uma coisa posso afirmar com certeza absoluta: eu só cheguei até aqui com a ajuda de forças que vieram do lado de lá.

Tendo isso em mente, nada mais justo do que começar agradecendo a ele, o mensageiro entre mundos, o guardião das encruzilhadas, o senhor dos caminhos, Exu, meu rei. Começar por ele é ainda mais pertinente nesta obra, uma história sobre um homem que encontra a própria alma caminhando. Mesmo antes de ser lançado, *Cartografia para caminhos incertos* foi o livro que mudou a minha vida. Poucos sabem, mas *A vida e as mortes de Severino Olho de*

Dendê só existe porque *Cartografia* veio antes e abriu a trilha para que ele passasse. Foi este livro que me levou à Agência MTS, que por consequência me levou à Intrínseca e, finalmente, a você, leitor. E todos esses maravilhosos desdobramentos (ou caminhos) começaram em um jogo de búzios com o meu babá, Pai Júnior, que me convocou a fazer uma oferta a Exu. Sou eternamente grato por tudo que vivi nesses últimos anos e, se tem uma lição que aprendi, aqui está ela: sejamos todos um pouco mais Exu, e trabalhemos abrindo caminhos para os outros.

Ainda no reino dos nomes que gostaria de abraçar, mas não posso, tenho que agradecer a Lecky e a Gaga. *I wish you both were here to see just how far I got in this career. I miss you both very very much. I wish you both are proud of me and of the man that I became. One thought that lowers the burden of my saudade is that I'm pretty sure that one day we'll see each other again and we'll sing* "Roll me over in the Clover" *in paradise. One for the tiger!*

Gostaria muito de ser capaz de encontrar palavras que pudessem expressar minimamente o quanto amo essa mulher chamada Elizabeth, apelidada de Puni, a quem chamo de mãe — mas não sou. Não digo isso por humildade ou modéstia, mas por saber que não há nenhum verbete no dicionário que dê cabo de traduzir a imensidão que carrego dentro de mim. O bom é que a minha mãe é tão barril que tratou de inventar um neologismo que muito me ajuda nesses momentos. Puni, você é *amantessidão*. O maior presente que o axé me deu, e olha que o axé foi muito generoso comigo nesta vida, foi me colocar para viver um tantinho de tempo na sua barriga. O resto é só consequência disso.

Rhattinho, o mais baiano dos baianos, obrigado pela família linda que nasceu com a sua chegada. Lui e Iraê são presentes preciosos, luzes que iluminam qualquer ambiente em que eles entram.

Aos meus amigos e minhas amigas, saibam que nada neste mundo é construído sozinho, até a solidão precisa de outro alguém para existir. Sei que não sou o amigo mais comunicativo, o mais rueiro, o mais presente, mas gosto de acreditar que sou o tipo de amigo que sempre estará lá quando o Bat-Sinal for acionado. Agradeço cada abraço e cada sorriso compartilhado, agradeço as lágrimas enxugadas e as muitas memórias que criamos juntos.

Gostaria de agradecer, também, a todo mundo que ajudou *Cartografia* a nascer do jeitinho que ele nasceu. A Luisa Geisler e Bruno Ribeiro, pela ajuda; à Camila Werner, que acreditou em mim e na minha trajetória; aos meus amigos Samir Machado de Machado e Paola Siviero, por abrirem portas muito pesadas; e ao Hedu, por abraçar com todas as forças esta história. Dedico ainda um abraço apertado a toda a equipe da Intrínseca. Segurar uma cópia física de *Cartografia* será, de alguma forma, como segurar o meu próprio coração.

Por fim, gostaria de registrar um obrigado especial às professoras e aos professores que atravessaram o meu caminho até este exato momento em que escrevo deitado na minha rede. O diretor Hayao Miyazaki disse certa vez que a criança precisa entrar em contato com coisas que ela não vai conseguir compreender plenamente para depois reencontrá-las e fazer uma nova interpretação. Acho essa frase de uma genialidade ímpar. Eu estava na sétima série quando li *Cândido, ou o Otimismo* no Colégio Anglo-Brasileiro. Admito que na época não entendi bulhufas do que Voltaire quis dizer, mas o livro ficou comigo por quase trinta anos, até que, durante a pandemia, em um surto difícil de explicar, sentei e escrevi algo que é completamente diferente de tudo o que já produzi antes.

O caminho se faz com cada passo dado. Ser um autor da Intrínseca, a editora onde sempre sonhei chegar, está diretamente ligado ao fato de ter lido *Cândido* na escola. A vida é isso, essa imensidão feita de tantas miudezas. Não sei o que me aguarda depois do horizonte riscado por *Cartografia*, posso apenas olhar para trás e encontrar as pegadas que deixei no caminho. Apesar de estar apreensivo, nervoso e ansioso, há algo que me consola: Exu matou um pássaro ontem com uma pedra que ele só jogou hoje.

O que é meu está guardado por forças bem maiores que os meus medos.

Oxe

Axé

Exu

intrinseca.com.br

@intrinseca

editoraintrinseca

@intrinseca

@editoraintrinseca

intrinsecaeditora

1ª edição	MAIO DE 2025
impressão	BARTIRA
papel de miolo	IVORY BULK 65 G/M^2
papel de capa	CARTÃO SUPREMO ALTA ALVURA 250 G/M^2
tipografia	FRAUNCES